# LE

# DERNIER HOMME

PAR

## M. DE GRAINVILLE

PARIS

MADAME VEUVE BARTH, ÉDITEUR

19, RUE BONAPARTE, 19

—

1859

# LE

# DERNIER HOMME.

65

# LE

# DERNIER HOMME

PAR

## M. DE GRAINVILLE

———❧———

PARIS

MADAME VEUVE BARTHE, ÉDITEUR

19, RUE BONAPARTE, 19

—

1859

# LE

# DERNIER HOMME

## CHANT PREMIER.

Proche les ruines de Palmyre, il est un antre solitaire, si redouté des Syriens, qu'ils l'ont appelé la Caverne de la Mort. Jamais les hommes n'y sont entrés sans recevoir aussitôt le châtiment de leur audace. On raconte que des Français intrépides osèrent y pénétrer les armes à la main, qu'ils y furent égorgés, et qu'au retour de l'aurore on trouva dans les déserts d'alentour leurs membres dispersés. Lorsque les nuits sont paisibles et silencieuses, on entend gémir cette caverne ; souvent il en sort des cris tumultueux, qui ressemblent aux clameurs d'une grande multitude ; quelquefois elle vomit des tourbillons de flammes, la terre tremble, et les ruines de Palmyre sont agitées comme les flots de la mer.

J'avais parcouru l'Afrique, remonté les bords de la mer Rouge et traversé la Palestine. Je ne sais quelle inspiration secrète me guida ; je voulus voir cette ville superbe où régna Zénobie, et surtout l'antre redoutable que l'on croyait habité par la mort. Je m'y rendis accompagné de plusieurs Syriens. L'aspect de cette caverne n'eut rien qui m'effraya : la porte toujours ouverte, ombragée par les pampres d'une vigne sauvage, invitait le voyageur à se reposer sous sa voûte profonde ; aucun monstre n'en défendait l'entrée, la seule terreur qui veillait à sa garde la rendait inaccessible.

Tandis que je la considérais d'un œil attentif, je vis paraître sur le sommet de l'antre un homme armé d'un flambeau ; ses yeux étaient vifs et perçants, son front

majestueux semblait le siége de la paix ;
on eût dit qu'il jouissait d'un calme parfait, comme s'il eût toujours vécu dans le
présent, sans connaître la crainte et l'espérance. J'ignore de quelle manière il me
communiqua ses pensées ; mais je compris qu'il m'appelait dans ce lieu. Je m'y
sentis entraîné par une force irrésistible
et soudaine. Et, malgré la frayeur et les
cris des Syriens qui voulurent m'arrêter,
je m'élançai dans la caverne.

J'y marchai longtemps au milieu d'é-
paisses ténèbres, étonné moi-même de ma
hardiesse, qui croissait à mesure que j'a-
vançais dans ce lieu terrible. Tout à coup
je perds l'usage des mouvements de mon
corps ; mes pieds refusent de m'obéir ; je
deviens immobile comme une statue ; l'air
que je respirais m'échappe ; il me semble
que je suis dans le vide, ou vivant sans
pouvoir agir, je goûte un repos entier.
Plaisir inconnu de l'homme et si délicieux,
qu'il surpasse les plus douces voluptés !
Soudain la nuit dont j'étais enveloppé se
dissipe ; un jour pur m'éclaire, et je vois
les objets qui m'environnent.

Je me trouve dans un cirque bâti avec la pierre des plus durs rochers, vis-à-vis d'un trône de saphir, semblable, pour la forme, au fameux trépied des prêtresses d'Apollon. Ce trône est couronné par des nuages d'or et d'azur, qu'un pouvoir invisible retient suspendus ; une flamme immobile et sans fumée brille sur un nombre infini de flambeaux ; les murs du cirque sont couverts de miroirs magiques où l'œil qui s'y plonge aperçoit un immense horizon. A ma droite, aux pieds d'une colonne de diamant, est enchaîné un vieillard robuste dont les épaules sont mutilées et qui regarde avec douleur les éclats d'une horloge brisée, et deux ailes sanglantes sur la terre étendues.

Alors, sans le secours de la voix et par des moyens que j'ignore, un esprit qui résidait dans le trépied me dit : J'ai puni de mort les téméraires qui, méprisant la crainte que ma demeure inspire, crurent que leur audace pouvait s'en frayer l'entrée ; ne crains pas la même destinée, toi que j'y viens d'appeler : je suis l'esprit céleste à qui l'éternel avenir est connu ; tous les événements sont pour moi comme s'ils étaient écoulés. Ici le temps est chargé de chaînes, et son empire détruit. Je suis le père des pressentiments et des songes ; je dictai les oracles, j'inspirai les fameux politiques. Aussitôt qu'un mortel souille ses mains d'un forfait, j'approche de ses yeux tout l'appareil du châtiment que la justice humaine lui réserve, et, pour le tourmenter, je le fais prophète de son supplice et de sa mort. Si j'ai conduit tes pas dans cette caverne, j'ai voulu lever pour toi le voile qui dérobe aux mortels le sombre avenir, et te rendre spectateur de la scène qui terminera les destins de l'univers. Dans ces miroirs magiques qui t'environnent, le dernier homme va paraître à tes yeux. Là, comme sur un théâtre où des acteurs représentent des héros qui ne sont plus, tu l'entendras converser avec les personnages les plus illustres du dernier siècle de la terre ; tu liras dans son âme ses plus secrètes pensées, et tu seras le témoin et le juge de ses actions. Ce n'est pas que je prétende, par ce spectacle, satisfaire seulement tes désirs curieux, un dessein plus noble m'anime, le dernier homme manquera d'une postérité qui le connaisse et l'admire. Je veux qu'avant de naître il vive dans la mémoire, célèbre ses combats et sa victoire sur lui-même. Dis quelles peines il souffrira pour abréger les maux du genre humain, terminer le règne du temps, et hâter le jour des récompenses éternelles attendu par les justes ; révèle aux hommes cette histoire digne de leur être racontée ; mais sois attentif, ce grand spectacle va passer rapidement et s'évanouir pour jamais.

Après que l'esprit céleste m'eut dévoilé ses intentions, l'air rentre avec bruit dans la salle où je suis; je le sens, je le respire, il circule dans mes veines, et me rend le mouvement que j'avais perdu : de même tout change, tout s'anime autour de moi ; là flamme des flambeaux s'agite, les nuages suspendus sur le trône se balancent avec grâce, le vieillard enchaîné brise ses liens, reprend ses ailes et s'envole.

Aussitôt dans le miroir magique placé devant moi s'élève un palais superbe, ouvrage des souverains les plus puissants de

la terre, mais que le temps commençait
à dégrader. Sous un de ses péristyles, je
vois s'avancer à pas lents une femme qu'à
ses grâces, aux charmes d'une figure céleste, je n'aurais pu croire, une mortelle ;
si je ne jugeais, à la tristesse de ses regards, qu'elle est malheureuse. Un jeune
homme marche à ses côtés ; il a les yeux
baissés et paraît comme elle enseveli dans
une douleur profonde. Alors une voix qui
paraissait sortir du trépied me dit :

Ce jeune homme que tu vois s'appelle
Omégare ; Syderic est le nom de cette
femme, dont la beauté si touchante inté-
resse déjà ton cœur. Voilà les derniers
habitants de la terre ; voilà ceux que ta
voix doit célébrer. Cette entreprise éton-
nera souvent ton esprit, et, la croyant au-
dessus de tes forces, tu seras tenté de l'a-
bandonner. Cependant ne désespère jamais
de ton génie : je soutiendrai ton courage,
et souviens-toi qu'il n'est point d'obstacles
que le travail ne surmonte.

Sitôt que la voix m'eut appris que dans
Omégare et Syderie je voyais les restes
précieux du genre humain, je me sentis

ému comme un voyageur qui découvre, sous des amas de ronces, le dernier débris d'une ville célèbre : je les considérai tour à tour d'un œil avide. Quand Omégare absorbait mon attention, je regrettais de ne pas la donner à Syderie, et j'eusse voulu les réunir tous deux sous un seul et même regard. Déjà je commençais à les aimer, leur tristesse m'affligeait, et, curieux d'en connaître la cause, j'invoquai l'esprit céleste en ces termes :

O toi qui me fais assister au dernier âge de la terre, je te rends grâce de m'avoir choisi pour célébrer Omégare et Syderie, j'y veux consacrer le reste de mes jours ! Inspire — moi ton esprit et tes pensées, verse dans mon âme le feu des prophètes, et donne à ma voix les fiers accents de la trompette. Mais que dis-je ? Aurai-je besoin de tes secours pour me faire écouter des hommes, quand je leur apprendrai quels seront un jour les destins de la terre et de leurs descendants ! Ah ! si le sort d'objets si chers a quelquefois inquiété leur cœur sensible, s'ils ont aimé dans la **terre la douce patrie qui les a nourris, si** l'espérance de vivre dans leur postérité les a consolés d'être mortels, ils viendront me demander cette histoire, ils passeront les jours à l'entendre, et je ne me lasserai point de la répéter.

Cependant, ô toi que j'invoque ! apprends-moi la cause des peines d'Omégare et de Syderie. Si jeunes, ils connaîtraient l'infortune ! le malheur poursuivra donc les hommes de race en race, jusque dans leurs derniers enfants, et, comme leurs pères, ils arroseront la terre de leurs larmes !

Tandis que j'invoquais l'esprit céleste qui préside à l'avenir, Omégare, Syderie et le palais qu'ils habitent disparaissent. Je vois à leur place succéder une île environnée d'une eau fangeuse et dormante, couverte de soufre et de bitume, et si voisine des portes des enfers, que de ce triste lieu l'œil les distinguait sans peine : la lumière du firmament et des astres n'y pénétrait point ; elle était éclairée par des feux sombres qui s'exhalaient sans cesse de ses entrailles brûlantes ; la douce verdure n'y croissait jamais ; on n'y trouvait aucun être vivant, pas même les hiboux et les serpents qui la fuyaient.

Cette île solitaire n'avait pour habitant qu'un vieillard malheureux, dont la présence inspirait le respect et la pitié. Là, pour expier une faute qu'il avait commise, le ciel le condamnait à voir tous les hommes coupables entrer dans les enfers, supplice qu'il endurait depuis la naissance du monde, et qui n'avait rien perdu pour lui de sa vivacité. Quand il entendait les portes infernales tourner sur leurs gonds, tout son corps frissonnait, ses cheveux blancs se hérissaient, il s'agitait pour s'enfuir et détourner la tête ; mais une force invincible le tenait immobile, il restait courbé les yeux attachés sur la victime tremblante, jusqu'au moment où les démons la jetaient dans les feux dévorants.

Ce vieillard vénérable était Adam, le premier père des hommes, relégué dans cette île par la justice divine ; il fut, par sa désobéissance, l'auteur des crimes de sa race. Dieu, pour l'en punir, voulut qu'il vît les châtiments de sa coupable postérité dont il avait causé le malheur.

Ne sachant pas combien de temps ce supplice devait durer, il avait, pendant des
siècles, attendu de jour en jour sa délivrance, qui n'arrivait jamais. Il était si
fatigué de la souhaiter, qu'il n'avait plus
la force de former des désirs, et qu'il
souffrait ses peines comme s'il devait toujours les endurer. Dans le moment où
l'espérance éteinte dans son cœur avait
cessé de les adoucir, il voit, dans le lointain, un nuage léger qui, plus rapide que
le vent, vient à lui, s'arrête, et d'où sort
l'ange Ituriel, le même qui sous les berceaux fleuris d'Eden lui portait les ordres
du Créateur.

A cet aspect, saisi, hors de lui-même,
le père des hommes veut parler, et sa
bouche n'exprime que des sons inarticu-
lés. Son âme est dans un tumulte universel : plus il veut en modérer les mouvements, plus son agitation augmente la
violence de ses efforts, l'abat ; il paraît
quelque temps comme stupide, ses yeux
sont égarés, tout son corps tremble et
frissonne ; enfin il revient à lui ; il se repose comme s'il avait essuyé une longue

fatigue, et dès qu'il peut parler, il dit à l'ange :

Il me semble que vous êtes cet esprit céleste qui daignâtes quelquefois me visiter dans le jardin terrestre. O que j'ai souffert depuis ces jours heureux ! l'éternité s'est écoulée. Venez-vous m'annoncer la fin de mes peines ? A ces mots, il s'interrompt brusquement pour hâter la réponse de l'ange, sa bouche est ouverte, il n'ose faire un mouvement de peur de perdre quelques-unes de ses paroles. Je vais, lui dit l'envoyé du ciel, te conduire sur la terre, où le Très-Haut t'appelle pour accomplir des desseins qu'il doit révéler à ton esprit, en y versant des lumières surnaturelles. Du succès de ta mission va dépendre ta délivrance, qui doit arriver le jour même de la destruction de la terre ; le reste m'est inconnu. Je te dirai seulement qu'une grande révolution se prépare : divers mouvements agitent les cieux, l'Éternel est sorti de son repos ; il a dispersé dans l'univers des légions d'anges qui n'attendent que son signal pour exécuter ses ordres, et qui dans ce moment remplissent, par leur nombre immense, tout l'espace créé, depuis le sanctuaire où réside la divinité, jusqu'aux portes du néant.

Ituriel a cessé de parler, et le père des hommes, suspendu à sa bouche, l'écoute encore : chaque parole de l'ange vient d'abreuver son âme d'espérance et de joie; il se sent renaître. O jour trois fois heureux ! s'écrie-t-il, béni soit celui qui vient au nom du Très-Haut m'apporter ses ordres divins ! Dois-je croire vos promesses? Quoi ! je vais revoir la voûte des cieux ! je vais revoir cet astre de feu qui répand à grands flots la lumière dont mes yeux sont privés depuis tant de siècles ! Je vais revoir l'astre des nuits, qui fut pour moi le flambeau nuptial ! Je vais revoir mes enfants et la douce verdure ! Je vais entendre la parole de l'homme !

A ces mots, Adam se prosterne aux pieds de l'ange, il les embrasse, il s'y tient longtemps attaché; son âme ne peut suffire aux nouveaux sentiments qu'il éprouve à la fois; il en est oppressé jusqu'au moment où des larmes, comme une abondante rosée, s'ouvrent un passage et soulagent sa joie. Alors il se lève et continue ainsi :

Conduisez-moi, dit-il à l'ange, dans tel lieu que vous voudrez ; j'y trouverai le bonheur, pourvu que je sois loin de cette île exécrable. Oh ! puissé-je ne jamais y rentrer ! J'y voyais passer devant moi tous les coupables condamnés aux peines éternelles, et qui maudissaient à ma vue leur premier père et le jour de leur naissance ; j'y voyais ouvrir les portes de l'enfer, dont le bruit retentira longtemps à mes oreilles, et quand elles étaient ouvertes, j'entendais les gémissements et les cris qui sortaient de ce lieu de supplice ; j'en ai vu quelquefois la flamme ; oh ! puissent ces scènes affreuses ne s'offrir jamais à mes yeux ! je vous en conjure, ô mon libérateur, sortons au plus tôt de cette île, prenons le chemin le plus court, prenons la route des airs.

Sa prière est exaucée : l'ange Ituriel l'enveloppe du sombre nuage qui le cache, et, sans perdre un instant, il le transporte au milieu des airs ; ils traversent rapidement les plaines éthérées, et descendent sur l'empire français, non loin de là demeure d'Omégare.

Te voilà, dit l'ange au père des hommes, sur la terre où tu fus créé. Si tu ne veux pas recommencer des siècles de tourments et rentrer dans l'île dont tu sors, termine heureusement la mission que l'Éternel va te confier. A ces mots, l'ange disparaît à ses yeux, et le nuage qui tenait voilé le père des hommes se dissipe aussitôt.

A peine Adam a-t-il reconnu la terre, que, dans le transport de sa joie, il se jette sur son sein ; il l'embrasse, il la presse de sa poitrine, de ses lèvres, de ses bras qu'il étend sur sa surface. O ma patrie ! dit-il ; ô mon premier séjour ! est-ce toi que je touche ! Ensuite, impatient de la voir, il se lève promptement, et jette autour de lui des regards avides. Le soleil commençait sa carrière. De quel étonnement le père des humains est frappé, lorsqu'il voit les plaines et les montagnes dépouillées de verdure, stériles et nues comme un rocher ; les arbres dégénérés et couverts d'une écorce blanchâtre ; le soleil, dont la

lumière était affaiblie, jeter sur ces objets
un jour pâle et lugubre! Ce n'était point
l'hiver et ses frimats qui répandaient cette
horreur sur la nature. Jusque dans cette
saison cruelle, elle conservait une beauté
mâle, et cette vigueur qui promet une
fécondité prochaine; mais la terre avait
subi la commune destinée. Après avoir
lutté pendant des siècles contre les efforts
du temps et des hommes qui l'avaient
épuisée, elle portait les tristes marques
de sa caducité.

Tel qu'un fils qu'une longue absence a
séparé de sa mère jeune encore, et qui, la
retrouvant courbée sous le poids des années, sent à cette vue son cœur se serrer
de tristesse et l'embrasse en lui cachant
ses pleurs; ainsi le père des humains ne
peut considérer sans douleur cette décadence de la terre. O terre, dit-il, que j'ai
vue sortir si belle des mains du Créateur!
que sont devenus tes riants coteaux, tes
prés émaillés de fleurs et tes berceaux de
verdure? Tu n'es plus qu'une ruine immense; la vieillesse a pâli le front du
soleil lui-même, dont l'éclat semblait im-

mortel; je soutiens ses regards. A ces mots, il se tait comme frappé par de grandes pensées qui l'occupent; bientôt, levant ses mains vers le ciel, il s'écrie : O vous dont la jeunesse survit à vos ouvrages, votre gloire m'accable! Que l'homme est petit, et qu'un Dieu paraît grand au milieu des débris du monde! Vous êtes le seul être, et je ne vois plus que vous dans l'univers !

Le père des hommes, en rendant cet hommage à l'Éternel, éprouve une révolution soudaine; il sent une flamme divine échauffer son cœur : il est ému, transporté; c'est Dieu qui se communique à lui, pour l'instruire de l'objet de sa mission. Il ne vient point sous une forme sensible s'offrir à ses yeux; il investit son âme d'une lumière intérieure, et lui parle sans le secours des sens. Adam, recueilli dans un silence religieux, écoute avec respect l'arbitre suprême de son sort, et promet d'obéir à ses ordres souverains. Envoyé vers Omégare, il doit au nom du Très-Haut exiger de lui le plus pénible sacrifice qu'on puisse obtenir du cœur humain, sans employer d'autre moyen que l'éloquence et la persuasion.

Adam est effrayé de la grandeur de l'entreprise ; son front chargé de nuages exprime l'inquiétude qui l'agite. Ah ! dit-il, je vais retourner aux portes des enfers ; j'y vais recommencer une nouvelle révolution de siècles et de tourments. Hélas ! moi qui fus élevé par Dieu sous les regards de ses anges, je violai le plus facile des commandements, et j'obtiendrais d'un jeune homme faible et plus imparfait les vertus dont j'ai manqué ! Le père des hommes attristé lève des mains suppliantes vers le ciel et prie Dieu, qui touche les cœurs quand il lui plaît, de préparer celui d'Omégare à l'obéissance.

Ensuite, guidé par une inspiration secrète et divine, il avance sur la terre, où bientôt le palais habité par Omégare se présente à ses yeux.

Le moment approche qui va placer dans le ciel le père des hommes, ou le rendre aux portes des enfers. Il se trouble, son cœur se serre, il peut à peine marcher.

Alors Omégare et Sydérie, qui depuis quelques jours étaient plongés dans une sombre mélancolie, sortaient de leur demeure. Cette nuit, épouvantés par de sinistres présages, ils n'avaient pu se livrer aux douceurs du sommeil : ils avaient vu des spectres sanglants, couverts de sang, se promener dans leur palais ; ils avaient vu des flammes serpenter autour d'eux ; ils avaient entendu d'affreux gémissements sortir de la terre : Ils venaient aux premiers rayons du soleil rassurer leurs âmes inquiètes, et puiser dans le spectacle de la nature qui se réveille le calme dont ils avaient besoin.

Quoique Adam, banni dans une île aux portes des enfers, n'eût cessé de souffrir pendant un grand nombre de siècles, et qu'il eût encore la crainte de recommencer une pareille durée du même supplice, au seul aspect d'un homme ses peines sont oubliées. Il va parler à ses descendants, à ses enfants dont il est le premier père, à son semblable, qu'il n'a pas vu vivant depuis qu'il a quitté la terre. Quel moment pour lui, si la douceur n'en était pas troublée par le cruel ministère dont il est chargé, s'il pouvait se nommer et serrer ses enfants dans ses bras, si Dieu, qui l'inspire, ne lui défendait pas de se faire connaître!

Omégare est étonné de l'apparition de cet étranger dans la solitude qu'il habitait seul avec Syderie, et que jamais le voyageur ne visitait. L'arrivée de ce vieillard leur est d'un augure favorable; ils pensent que c'est Dieu qui leur envoie un consolateur : leurs noirs chagrins se dissipent; ils reprennent la sécurité qui les avait abandonnés; heureuse influence des hommes sur leurs semblables! Deux infortunés se rencontrent: avant même qu'ils se parlent, ils sont déjà consolés!

Adam salue Omégare et Syderie, et, rompant le premier le silence, il leur dit : Que la paix du ciel soit avec vous, qu'il daigne vous combler de ses bénédictions, qu'il vous donne la volonté d'obéir à ses commandements, et le courage de supporter l'infortune ! Ce sont les vœux que forme pour vous un malheureux vieillard à qui vous êtes bien chers, et que vous aimeriez vous – mêmes s'il vous était connu.

Respectable étranger, répond Omégare, déjà vous avez acquis cet amour que vous paraissez désirer. A peine vous êtes-vous offert à nos regards, il nous a semblé que le ciel nous envoyait un père ; un rayon de joie est entré dans nos cœurs attristés, nous avons cru que le bonheur revenait habiter parmi nous.

Le bonheur, répond le père des hommes, hélas ! il est rare sur la terre ; c'est dans le ciel qu'il faut le chercher, et ce bonheur même coûte souvent des peines cruelles et de grands sacrifices. Cependant puis-je vous demander quels sont vos chagrins? Ils sont affreux s'ils égalent mes longues infortunes.

C'est seulement depuis quelques jours, dit Omégare, que notre sort est changé. Une terreur invincible s'est emparée de nos âmes ; tout nous l'inspire, nos terreurs, nos plaisirs, nos dicours, notre silence, les approches de la nuit, le retour du soleil, les soins mêmes que nous prenons pour la détruire. Nous craignons d'avancer dans la vie, comme si nos maux devaient sans cesse augmenter. Des présages terribles achèvent de nous épouvanter. Cette nuit, des spectres tout sanglants nous ont apparu; nous avons entendu dans l'air des voix menaçantes, ce palais nous paraissait enflammé : je crois le ciel irrité contre nous.

Vous ne vous trompez pas, lui répond Adam, vous avez commis une faute dont le remords vous déchire, et je sais que vous êtes menacés d'une grande infortune; je viens vous enseigner les moyens de vous y soustraire, mais il faut que vous me parliez sans feinte et que vous m'appreniez l'histoire de vos malheurs.

Vous venez, lui dit Omégare, dans un moment où mon cœur oppressé désirait un consolateur. Jugez si je vais avec joie épancher mon âme dans la vôtre: j'accepte tous les secours que vous me promettez. J'ai commis une action que je me reproche, que je veux m'excuser, qui se présente toujours à moi, mais qu'enfin je crois digne de pardon. Portez le flambeau dans ma conscience, je suis prêt à vous faire l'aveu de mes fautes ; je vous raconterai, s'il est nécessaire, l'histoire de ma vie, mais je crains bien que vous ne me trouviez coupable.

Si vous me connaissiez, lui dit Adam, vous sauriez que j'ai perdu le droit d'être sévère. L'indulgence, qui dans les justes est une vertu, sera toujours un devoir pour moi. Que votre âme s'ouvre avec confiance : je serai moins votre juge que votre consolateur. Si je ne puis vous rendre le bonheur et la paix, je vous enseignerai les moyens de recouvrer les biens que vous avez perdus.

Pendant cet entretien, le père des hommes avait jeté souvent les yeux sur Syderie. Les charmes de sa figure, sa modeste retenue, ses cheveux blonds qui flottaient sur ses épaules, la noblesse de sa taille légère et majestueuse, lui rappelaient une épouse chérie, dont il ignorait le sort dans le séjour des ombres. Eve avait, comme Syderie, la fraîcheur du printemps de l'âge, et surtout la même pudeur aimable et touchante, lorsqu'à son réveil Adam la vit à ses côtés pour la première fois. Cet heureux instant se retrace à sa pensée avec des couleurs vives. Il s'attendrit et verse des pleurs.

L'air vénérable de ce vieillard, la connaissance qu'il paraît posséder du secret des cœurs, les larmes qui lui sont échappées, ont gagné la confiance d'Omégare, qui veut dans le moment même lui raconter le sujet de ses peines. Déjà loin du palais qu'ils ne voyaient plus, ils étaient entrés dans une grotte où le silence semblait présider. Omégare juge ce lieu propre à recevoir sa confidence; il s'assied entre Syderie et le père des hommes, et se dispose à lui révéler les secrets de sa vie. Cependant le calme qui régnait dans les airs invitait à prêter au récit d'Omégare une oreille attentive. Le soleil commençait à s'élever sur l'horizon, aucun nuage ne voilait l'azur du firmament, et cette journée était belle pour la décadence du monde.

# CHANT DEUXIÈME.

Mon père descend de la maison la plus illustre de l'univers, et qu'on peut appeler la famille des rois de la terre. Ils s'assirent sur tous les trônes élevés dans les deux mondes, et gouvernèrent si long-temps, que l'histoire n'a pu conserver le souvenir de cette longue suite de souverains. Mon père habitait ce palais, qui fut la demeure de ses aïeux. Vers le milieu de son règne, il resta roi sans sujets. La France ainsi que l'Europe n'était plus qu'une vaste solitude.

Lorsque je vis le jour, l'hymen depuis vingt ans n'était plus fécond. Les hommes avançant tristement vers le terme de leur course, sans être suivis d'une jeune postérité qui dût les remplacer, pensaient que la terre allait perdre en eux ses

2

derniers habitants. Ma naissance fut un
phénomène qui causa leur surprise et
les transports de leur joie : ils la célé-
brèrent par des fêtes. On dit que des
femmes accoururent des extrémités de
l'Europe pour voir l'homme enfant : c'est
ainsi qu'elles me nommèrent. Mon père
me prit dans ses bras, et s'écria : Le
genre humain vit encore! O Dieu! dit-
il en m'offrant à l'Eternel, est-ce une
erreur qui m'abuse? Cet enfant sera le
père d'une race nouvelle. Ce n'est point
à moi que tu l'as donné, mais à la terre,
mais au monde, dont il devient l'unique espérance; conserve ses jours, il est
à toi, je te consacre mon fils.'

Cette allégresse fut de courte durée.
Je restai le fils unique de la vieillesse
des Européens et de leur fécondité; je
n'avais pas atteint l'âge où l'homme commence à se connaître, que je perdis les
parents qui m'avaient donné le jour. Seul
dans ces lieux, je leur rendis moi-même
les honneurs de la sépulture, et je creusai
de mes propres mains la tombe où je ren-
fermai ces restes chéris. Après avoir rempli

ces devoirs, je ne traînai plus que des jours languissants ; j'éprouvai qu'un palais magnifique et solitaire, qui n'est point animé par des êtres vivants, est la plus triste des demeures. L'ennui me consumait lentement, et ma jeunesse se flétrissait. Tourmenté par le besoin de communiquer à mes semblables mes sentiments et mes pensées, je résolus d'abandonner cette solitude et de chercher dans l'Europe s'il y restait encore des humains.

Le jour où j'allai sur le tombeau de mes parents leur faire mes derniers adieux, je vis au bas de la colline prochaine s'élancer du sein de la terre un tourbillon de flamme et de fumée qui s'éleva jusqu'à la hauteur de la montagne. Malgré le calme profond des airs, il était sans cesse agité et poussé en même temps, et avec violence, vers les points les plus opposés de l'horizon, comme s'il eût été le jouet de plusieurs vents impétueux et contraires ; tandis que je considérais ce phénomène, le tourbillon se précipite vers moi, je veux l'éviter ; il me poursuit dans ma fuite, m'atteint, et, près de m'envelopper, il s'arrête. O spectacle dont je frémis encore! je vois dans son sein un homme formant lui-même ce volcan par des torrents de feux qui s'élançaient de sa bouche; il était dans un mouvement continuel, ses cheveux ondoyants paraissaient comme des serpents enflammés, ses yeux plus noirs que l'ébène jetaient un éclat sombre, et ses muscles fortement prononcés ressemblaient à des fers ardents plongés dans une fournaise.

A cette vue, quoique horrible, la pitié fut en moi plus forte que la terreur; j'allais m'élancer dans les flammes pour en délivrer l'être malheureux que j'y croyais souffrant. Arrête, me dit-il, tu périrais sans me servir. Ces feux sont mon élément et ma nourriture, j'y respire la vie comme toi dans l'air. A ces mots, il se tut; je vis rouler dans ses yeux des larmes qu'y dévorait aussitôt l'ardeur des feux dont il était environné. Les flammes qui sortaient de sa bouche se ralentirent; je crus qu'elles allaient cesser, lorsqu'il se ranima pour s'écrier: Omégare, que vais-je t'apprendre! quel

que soit ton courage, à quelque affreux
événement que ton âme puisse être pré-
parée, je vais t'étonner et t'effrayer encore. Cette terre qui te soutient, cette
terre sur laquelle tu reposes des regards
tranquilles, va s'écrouler sous tes pas :
le jour de sa destruction est arrivé.

A cette nouvelle, je fus frappé de terreur. Tel qu'un homme à qui l'on vient
d'apprendre qu'il marche sur des précipices cachés, et qui tremble à chaque
instant d'y tomber, il n'ose plus faire un
pas, ni rester en place : ainsi j'étais désespéré de tenir à la terre. J'eusse voulu
franchir les bornes de l'univers, j'eusse
voulu qu'une main divine me transportât
tout à coup aux extrémités du firmament. Inutiles désirs dont je reconnus la
folie. Je préférai douter de cette affreuse vérité, j'osai même la combattre
pour rassurer mon âme qu'elle tourmentait, et je dis à l'être singulier qui m'é-
tait apparu : Se peut-il que la destruction de la terre soit si prochaine et si
rapide ? Rien ne semble annoncer cet
événement : les airs sont paisibles. Est-

ce qu'avant sa dernière heure la nature n'en sentira point les approches, et ne souffrira pas les douleurs de l'agonie?

Oh! plût au ciel, me dit-il, que je me fusse abusé! mais cette vérité terrible brille à mes yeux de toute part. Eh! comment ne saurais-je pas les destins de la terre, moi qui suis le génie qui préside à ses mouvements, moi qui, naissant avec elle, la vis se placer parmi les globes célestes et décrire sa première journée autour du Soleil, moi que l'Eternel fit appeler aussitôt sur la plus haute montagne de l'Asie pour m'adresser ce discours :

Tu vois, me dit le Créateur, ces étoiles dont le firmament est peuplé : ce sont autant de mondes, et tous ces astres ont chacun leur génie qui veille à les conserver. Je t'ai fait celui de la terre ; tu connaîtras avec les lois qui la gouvernent les éléments qui la composent. Prolonge par tes soins sa jeunesse et ses jours ; tu dois vivre autant qu'elle, et ta vie est presque une immortalité. Les hommes ne feront que paraître devant toi ; mais tandis qu'ils revivront pour ne plus mourir, ta mort et celle de la terre seront éternelles. J'ai fixé dans le livre des destins cette époque fatale au jour où le genre humain n'aura plus la puissance de se reproduire. Ainsi parla l'Éternel.

J'oubliai bientôt que ma vie avait un terme. Je survivais aux générations qui renaissaient sans cesse : la fécondité du genre humain me semblait inépuisable, je crus que j'étais immortel. Enfin il est arrivé le moment où cette illusion devait se détruire. Il n'est plus qu'une seule femme et toi qui pouvez aujourd'hui perpétuer la race des humains. Qu'elle périsse ou que tu meures, la terre va se dissoudre, rentrer dans le chaos, et je suis anéanti pour jamais. Le danger est extrême depuis que les hommes, devenus stériles, ne donnent plus à la mort de continuelles victimes. Sa voracité n'est pas seulement une faim cruelle, elle se jette sur tous les êtres vivants. Cependant, si tu pouvais échapper à ses coups, et t'unir par les liens de l'hyménée à la seule femme qui le rendra fécond, tu reculerais le moment de ma perte ; non que je mette un grand prix à quelques jours d'existence, je saurai mourir avec courage, j'ai reçu des hommes cette leçon difficile à donner. Mais je suis instruit que l'astre qui doit rallumer les soleils près de s'éteindre descendra bientôt sur notre sphère, pour rendre à l'astre du jour sa chaleur et son premier éclat. Alors si la terre n'était pas détruite, elle se ranimerait aux feux nouveaux du soleil, elle se dépouillerait des vêtements de sa vieillesse pour reprendre sa robe brillante du printemps. Des enfants nombreux sortiraient du genre humain rajeuni, et je recommencerais une seconde vie. Ce n'est pas seulement quelques jours que j'ajouterais à mes longues années, mais un nombre infini de siècles. Avant que j'abandonne cet espoir, je troublerai tous les éléments, j'épuiserai tous les secrets et les forces de ma puissance qui sont aussi grandes que celles de la nature.

A ces dernières paroles du génie, la

terreur qu'il m'avait inspirée sur les approches du dernier jour se calma. Je
sentis avec joie qu'un intérêt puissant
le forçait à me sauver, et je lui répondis :

Si je peux vous être utile, ne craignez pas de me commander des entre-
prises périlleuses : j'oserai les tenter. Tout
jeune que je suis, j'ai du courage : j'ai
combattu plusieurs fois des bêtes féroces
que la faim avait rendues furieuses ; moi
seul je les ai terrassées, et j'ai trempé
mes mains dans leur sang.

Ce n'est point, me répondit le génie,
ce genre de courage qui t'est nécessaire, mais cette force d'âme qui con-
çoit un dessein avec profondeur, mais
cette longue patience que rien ne fatigue et cette ardeur qui s'enflamme avec
les obstacles. Fais éclater aujourd'hui
ces vertus des grands hommes. La carrière va s'ouvrir devant toi. Tu connais
cette ville où l'Anglais brûla l'héroïne
qui sauva la France ; va dans ses murs
trouver un homme qui s'appelle Idamas :
c'est de sa bouche que tu dois appren-

dre par quels moyens le ciel te destine à régénérer la terre. Ne crains pas de les entreprendre : quoique invisible à tes yeux, je serai ton guide et ton appui. J'allais lui répondre, mais il m'interrompit en me disant : Je ne puis ni rester ni t'entendre ; je retourne au centre de la terre, où je suis occupé sans cesse à ranimer les feux qui la fécondent. A ces mots, il s'évanouit.

Malgré les restes d'une terreur dont je n'étais pas délivré, l'orgueil de voir les destins de la terre et du genre humain reposer sur ma tête me consola. Je me hâtai de remplir les ordres du génie.

Je pars. A peine avais-je compté quatre heures d'une marche rapide vers l'Occident, qu'une ville immense, couverte de palais et d'anciens monuments, s'offre à mes regards. Cette ville n'avait pour habitant qu'un seul homme et son épouse, qui s'appelaient Polyclète et Céphise. Ils demeuraient aux portes de la ville, dans une maison commode et simple, qui dominait les plaines d'alen-

tour. Sitôt que je fus aperçu par Céphise, elle appelle son époux, en s'é-
criant : Polyclète, je vois un homme, il
vient à ma rencontre! Polyclète me fait
mille questions à la fois. Il me demande
qui je suis, où je vais, d'où je viens, quel
est le sujet de mon voyage. Ma jeunesse
surtout paraît l'étonner : il se croyait un
des hommes les plus jeunes de l'Europe.

Ma naissance, lui dis-je, fit tant de
bruit, que je ne dois pas vous être inconnu. Je suis l'homme enfant dont
l'Europe visita le berceau. A ces mots,
Polyclète et Céphise font éclater leur joie.
Quoi! me dit Céphise, vous seriez cet
enfant que j'ai vu? J'avais alors vingt
ans : heureux jours qui sont toujours
présents à ma mémoire! Ma mère me
conduisit aux fêtes qu'on célébra pour
votre naissance. Vous deviez être, disait-on, le sauveur du monde, la tige
d'une race nouvelle. Le doux printemps
allait redescendre dans les campagnes,
les féconder, l'été mûrir et dorer les
moissons. Ce fut sur la foi de ces promesses que Polyclète m'épousa. Comme

ces espérances se sont évanouies ! Au lieu de cette résurrection de la nature que nous attendions, chaque jour amène sa décadence.

Consolez-vous, lui répondis-je, vous touchez à cette époque heureuse, qui ne vous fut pas prédite en vain. Je lui racontai comme le génie terrestre m'était apparu, je lui dis et les ordres que j'en avais reçus et les espérances magnifiques qu'il m'avait données. Tandis que je parlais, Polyclète avait peine à contenir ses transports; il paraissait combattu par le plaisir de m'entendre et par le désir de m'interrompre : il eût voulu tout ensemble m'écouter et parler. Enfin, quand j'eus terminé ce récit, il me répondit : Apprenez, cher Omégare, que vos destins m'ont été prédits comme à vous, et que déjà même cet oracle qui vous concerne commence à s'accomplir.

Un jour que j'étais dévoré par des chagrins que je cachais à mon épouse, craignant pour elle et pour moi l'avenir funeste que semblaient présager la ruine prochaine de la terre et les approches du dernier jour, j'entrai dans un temple voisin de ma demeure, où Dieu manifesta souvent sa puissance par des prodiges, et qui fut jadis célèbre dans l'univers. Ma prière fut si fervente, qu'elle exalta mon âme ; je me crus transporté tout à coup à votre berceau, qu'un peuple immense entourait. Je vous y revois avec ces grâces qui furent le partage de votre enfance. Tandis que je vous contemple, vos regards s'arrêtent sur moi. Vous me considérez d'un œil attentif, et vous me dites en souriant : *Polyclète, la fin de tes alarmes sera prochaine, lorsque tu verras mon épouse sans la connaître.* Je ne sais quel charme était répandu dans ce sourire et ces paroles ; mes chagrins se dissipent, la paix rentre dans mon âme, je crois à vos promesses, et ma confiance n'est pas trompée, puisque vous allez chercher cette épouse dont la présence va terminer nos malheurs.

En disant ces mots, Polyclète, qui touchait à sa demeure, me fit toutes les offres de l'hospitalité généreuse. J'entrai sous le toit simple et modeste qu'il avait choisi dans cette ville, et qu'il préférait aux palais somptueux dont elle était ornée. Son épouse s'empressa de me servir un repas qui me surprit par l'abondance et la variété des mets. Je ne pouvais deviner quel Dieu bienfaisant savait ainsi pourvoir à leurs besoins J'en témoignai mon étonnement à Polyclète, qui satisfit ainsi ma curiosité :

Je me suis préservé jusqu'à ce jour des horreurs de la famine. D'abord j'ai vécu longtemps à la manière des sauvages. Je changeais souvent de pays. Tantôt la pêche me retenait sur les bords des lacs et des fleuves, ou sur les rivages de l'Océan, tantôt je me transportais au centre des forêts habitées par les bêtes féroces, à qui je livrais une guerre assidue. J'étais las de cette vie errante, lorsque je passai par cette ville que je trouvai vide d'habitants, et dont l'origine, si j'en crois les monuments qui la décorent, doit se perdre dans la nuit des temps. Maître de cette

cité, je pensai que sous les pavés de
ses rues, la terre qu'ils cachent serait
un sol neuf et peut-être fertile. A l'aide
d'un levier, je la découvre, je la déchire avec le soc de la charrue, je lui
confie en tremblant mes sèmences ; j'ai
réussi. Si mes récoltes n'ont pas payé
mes sueurs avec usure, elles suffisent
à mes besoins. Les rues de cette cité
sont mes jardins et mes champs ; elle
est si vaste que je ne l'aurai pas sitôt
épuisée.

J'écoutais avidement Polyclète, dont les
discours me charmaient. J'eusse voulu
prolonger le plaisir de l'entendre. Lui-
même et son épouse désiraient me retenir
quelques jours ; mais un devoir impérieux
m'ordonnait de les quitter. Mes moments, leur dis-je, ne m'appartiennent
plus, ils sont au genre humain. Le
moindre délai serait un crime. Sitôt que
j'aurai terminé ce voyage, je reviendrai
vous en dire le succès. Je veux apprendre
de Polyclète l'art de cultiver la terre, et
je vous conduirai mon épouse à qui le
ciel promet de si hautes destinées.

A ces mots, je leur fis mes adieux. Polyclète et Céphise m'embrassèrent les larmes aux yeux : ils m'avaient vu dans mon enfance, ils m'aimaient déjà comme leur fils. Je poursuis ma route. Je voyais pour la seconde fois le soleil atteindre la moitié de sa course, quand un homme vient à ma rencontre, qui m'arrête et me dit : Vous êtes Omégare et vous allez chercher Idamas ? Il est vrai, lui répondis-je. Ah ! s'écria-t-il en m'embrassant, oui, c'est le ciel qui m'a conduit, c'est Dieu qui nous a parlé ! Si vous saviez quels miracles nous sont promis, quelle est la révolution qui se prépare ! Je m'appelle Palémos, suivez mes pas, le ciel vous attend pour déployer sa puissance. Après qu'il eut fait éclater par ces mots les premiers transports de sa joie, je le priai de me raconter les événements qui s'étaient passés, et c'est ainsi qu'il pousuivit :

Dans la ville où nos pas s'adressent, habite un homme qui consuma ses jours à méditer les monuments de l'histoire : il s'appelle Idamas ; il parle sans cesse

des peuples qui couvraient la surface
de la terre, de leurs lois, de leurs
mœurs, et des grands spectacles que
donna le genre humain par la réunion
de ses forces. Il raconte, comme s'il
les eût vus, les prodiges des beaux-arts,
les actions des hommes illustres, et
regrette toujours ces anciens temps qui
peut-être ne reviendront plus. En un
mot, il n'est malheureux aujourd'hui que
de la peine de voir les sociétés détruites, la terre déserte et dépeuplée.
Depuis que la stérilité de l'Europe force
les habitants de ces climats à vivre séparés, il n'a d'autre soin, chaque année, que de faire un grand amas de
vivres pour rassembler quelquefois des
hommes autour de lui, et de se livrer
au plaisir de converser avec eux, et
cette faible image de la société sert à
le consoler.

Hier j'étais au nombre de ceux qu'il
avait appelés ; je ne l'avais jamais entendu. Mes compagnons disaient qu'aucun homme ne l'avait égalé pour la sublimité du discours, et qu'il était encore

devenu supérieur à lui-même. Avec
quelle énergie il exprima le désir qu'il
avait de voir la population renaître, les
sociétés se former, le printemps redescendre sur la terre ! Il s'oublia dans
ces transports jusqu'à la croire régé-
nérée ; il en faisait le partage à la
nouvelle race des humains ; il y formait
des empires ; il apprenait aux peuples
les procédés des arts, et leur enseignait
la route de la sagesse et du bonheur :
il nous avait transportés dans ces scènes
par la véhémence de ses paroles ; nous
croyions voir tout ce qu'il racontait ;
mais bientôt, revenant à lui, lorsqu'il
compara ces tableaux magnifiques avec
l'entière décadence de la terre et des
hommes, sa douleur se réveille, il veut
en vain retenir ses pleurs, ils coulent
avec abondance. Nous-mêmes nous étions
si touchés, que nos yeux se remplirent
de larmes. Aussitôt, comme par un mouvement soudain, Idamas se lève, il nous
quitte sans nous parler ; nous le sui-
vons tous en silence, subjugués par une
force inconnue qui nous entraîne sur

ses pas : il entre dans le premier temple qui se présente sur sa route, il s'y
prosterne contre terre, et nous avec lui.
Sa poitrine était oppressée, nous l'enten-
dions gémir. On eût dit quelquefois qu'il
voulait parler, mais que la douleur étouf-
fait sa voix. Il sort enfin de cet état
violent, et se lève pour adresser au
ciel cette prière : O Dieu, dit-il, il est
temps que tu jettes sur la terre un
regard de ta pitié. Ce n'est plus qu'un
cadavre animé par un reste de chaleur
qui va s'éteindre ; veux-tu laisser ton
ouvrage ? Si tel est ton dessein, sauve-moi
l'horreur d'entendre les derniers soupirs
de la nature, et permets qu'avant de
toucher le seuil de ce temple, je tombe
frappé par la mort ; mais si tu devais
changer un jour les destins de la terre,
je ne demande point à voir cette heureuse révolution ; daigne seulement nous
l'apprendre, et nous vivrons consolés.

Il avait à peine achevé ces paroles,
le temple s'obscurcit, une lumière plus
vive que celle du jour environne la
porte du sanctuaire. Une voix qui pa-

raît en sortir, et qui retentit dans toute
la profondeur de l'édifice, s'exprime ainsi :

Ta prière, Idamas, est exaucée ; le
ciel va récompenser ton amour pour les
hommes et les ouvrages du Créateur,
en te révélant l'histoire des siècles fu-
turs. Idamas, livre ton cœur à la joie ;
la terre va renaître plus brillante qu'à
son printemps. Ses destins sont attachés
à l'existence d'un seul homme qui s'appelle Omégare, et qui doit arriver demain de l'Orient dans ces lieux. Tes
compagnons et toi, vous le conduirez
par les airs sur des rivages lointains.
Un livre déposé dans le sanctuaire de
ce temple t'instruira dans quelle con-
trée tu dois descendre, et quels sont les
desseins de l'Eternel. Mais tu ne l'ou-
vriras qu'au moment où tu commenceras
à voguer sur la plaine des airs.

Après que la voix eut cessé de parler, les feux qui brillaient sur la porte
du sanctuaire s'éteignirent, et le temple
reparut dans son état naturel. Je voudrais, poursuivit Palémos, vous peindre
les transports d'Idamas, et comme il fut

à ces paroles changé dans un autre homme. Ce n'était plus ce vieillard accablé sous le poids des ans et des chagrins. Sa taille avait acquis de la grandeur et de la majesté, ses rides étaient presque effacées. La flamme de la joie étincelait dans ses yeux ; il ne nous avait pas quittés, et nous avions peine à le reconnaître. Il marche à grands pas au sanctuaire dont la porte s'ouvre d'elle-même, il y prend le livre qui contient nos destinées. De là, sans perdre un seul instant, il nous conduit aux ateliers où sont rassemblés des globes aériens. Il y choisit un vaisseau remarquable par sa grandeur, par l'élégance de ses formes et la beauté des peintures qui l'ornaient.

Ensuite Idamas nous dit : Chers compagnons, je ne vous ferai pas l'injure de vous demander si vous êtes disposés à me suivre. Quand vous n'auriez pas entendu les ordres de Dieu, qui de vous refusera l'honneur d'être les ministres de ses desseins et d'un révolution qui va combler votre vieillesse d'heureux jours,

et faire encore le bonheur des générations
futures ? O mes amis, quel emploi sublime
nous est confié ! j'y veux consacrer ma vie.
Je sens renaître dans mes veines l'ardeur
bouillante de ma jeunesse, et je vous donnerai l'exemple de la constance et du courage. Ainsi nous verrons le doux printemps, la nature belle et féconde comme
nos pères la connurent. Dieu lui-même
nous l'a promis, vous venez d'entendre
sa voix. Vous en avez encore pour garant
l'arrivée de ce jeune homme que nous
attendons de l'Orient. Apprenez, chers
compagnons, que cet Omégare à qui les
destins de la terre sont attachés est le
dernier des enfants de nos souverains,
celui dont la naissance étonna l'Europe,
et que j'ai vu dans son berceau. Apprenez
que dans ce temps-là même la renommée
publia que sous son règne le genre humain et la terre seraient régénérés.

Animés par ce discours d'Idamas, nous
jurons tous de le suivre, s'il était nécessaire, jusqu'aux extrémités de l'univers.
Soudain nous commençons les apprêts du
voyage ; pour moi, je demande d'aller à

votre rencontre, et je suis envoyé vers vous.

Ce récit de Palémos accrut mes espérances. Je lui dis à mon tour les ordres que j'avais reçus du génie ; nous hâtâmes notre marche, et j'arrivai bientôt dans la ville d'Idamas, où je le trouvai sur une place publique, livré tout entier avec ses compagnons aux préparatifs de mon voyage. Leur troupe était augmentée de leurs épouses, qui, prévenues de leur départ, tristes, éplorées, étaient accourues pour recevoir leurs adieux.

A ma vue, ils suspendent leurs travaux, ils m'environnent ; dès qu'Idamas parut certain que j'étais Omégare, le dernier fils de ses rois, le même qu'il avait vu dans son berceau, il m'embrasse, il me serre contre son sein, et me dit : O mon roi, puis-je en croire mes yeux ! Il est donc vrai que je tiens dans mes bras la seule espérance du monde ! Je ne sais dans quels lieux je vais vous conduire ; mais, s'il le faut, je parcourrai pour vous l'univers d'un pôle à l'autre pôle. Ouvrez-moi les barrières qui fer-

ment le globe terrestre ; je m'élancerai
sur les plaines de l'espace ; je monterai
jusqu'aux astres, mon courage est invincible.

Il dit, et comme si ma présence eût
ranimé ses forces, il retourne à ses travaux avec une ardeur nouvelle.

La capitale de la Normandie avait été
longtemps un des lieux les plus célèbres
d'où partaient les vaisseaux aériens. Il
restait encore, dans les magasins nombreux de cette ville, des urnes pleines de
ces esprits volatils qui, plus puissants
que la voile et plus vites que les ailes
des oiseaux, élevaient l'homme au–dessus
des nuages. Idamas avait déjà transporté
ces urnes sur la place. Déjà l'air subtil
qu'elles renfermaient coulait à grands flots
dans les flancs du globe qui s'agitait, impatient de s'élancer dans les airs. Je considérais d'un œil avide et curieux un spectacle si nouveau pour ma jeunesse. Le globe
surtout fixa tous mes regards. Sur la
poupe du vaisseau, ces mots étaient écrits
en lettres d'or : *J'ai fait le tour du monde.*
Sur les côtés étaient peints divers évé-

nements dont l'imitation était si parfaite,
que tous les personnages semblaient vivre et respirer. Ici l'on voyait de hardis
navigateurs franchir les mers australes
par la route des airs, descendre sur des
montagnes inaccessibles, sur des plages
où l'homme n'avait jamais imprimé ses
pas, et terminer la conquête de l'univers.
Là d'affreux tremblements de terre, qui
répandaient au loin la terreur , renver-
saient les villes sur leurs fondements
écroulés. Des abîmes s'ouvraient de toutes
parts pour engloutir les hommes ; mais
ils fuyaient, dans les airs paisibles, la
terre irritée. On voyait vers le centre
le ciel obscurci par des légions de vaisseaux armés qui se faisaient la guerre.
Rien n'était plus terrible que ce spectacle. Les oiseaux épouvantés avaient pris
la fuite. Seuls maîtres du champ de bataille, les combattants s'approchaient les
uns des autres armés de faux étince-
lantes pour couper la corde qui tenait
les nacelles suspendues, ou, plus perfides,
perçaient le globe par le secours de la
flèche aiguë ou du plomb rapide. Les

soldats tombaient par milliers comme pré-
cipités du ciel par la foudre. Leur sang
rougissait la douce verdure des arbres.
Leurs membres épars et palpitants couvraient les campagnes et les toits du tranquille laboureur.

A peine je commençais à distinguer
ces objets, j'entends Idamas qui presse
le départ de ses compagnons. Leurs épouses les retenaient dans leurs bras, sans
pouvoir les quitter, et leur disaient : A
quels chagrins votre absence va-t-elle
nous livrer ! nous ne savons point quels
dangers vous allez courir, ni dans quels
lieux le destin vous appelle : nous ne
pourrons pas vous suivre en esprit sur
les rivages où vous allez descendre. Tout
va servir à nous désespérer : encore si
nous connaissions un terme à nos peines !
Mais notre séparation sera peut-être éternelle. A ces mots, leurs visages se couvraient de larmes, et les sanglots leur
coupaient la voix.

Emu par le spectacle de leur douleur,
je sentis naître dans mon cœur le désir
d'inspirer à mes semblables un intérêt si

tendre. Alors je me rappelai les promesses du génie, et cette femme unique que le ciel m'avait réservée. Curieux de la connaître, je vois avec plaisir Idamas séparer les époux des épouses, s'élancer avec eux dans le vaisseau, donner le signal du départ, et le globe nous enlever dans les airs.

# CHANT TROISIÈME.

Tel qu'un voyageur qui marche sur le feu des sables africains, qui respire l'air brûlant des tropiques, et dont la bouche est depuis longtemps desséchée par une soif dévorante ; s'il entend le murmure d'une source d'eau vive, il tressaille de joie, il la cherche ; il avale ses eaux à grands traits et à perte d'haleine, il les reçoit sur sa tête, sur ses mains, s'y plonge tout entier, et voudrait se transformer en elles. Ainsi, le père des hommes était avide du récit d'Omégare ; il l'avait approché de si près, qu'il recevait les impressions de ses gestes et de ses mouvements. Ses yeux, attachés sur ses lèvres, voulaient comme voir ses paroles, et par sa bouche, qu'il tenait ouverte, on eût dit qu'il les respirait. En un mot, il l'écoutait de tous ses sens.

Sitôt qu'il apprend que l'homme s'é-
tait frayé la route dans les airs, sa surprise est si grande, qu'il fait tous ses
efforts pour la cacher. S'il ne craignait
pas d'étonner Omégare par l'ignorance
de ses questions, il l'interrogerait sur ce
prodige des arts ; il renferme dans lui-
même ses désirs curieux ; mais il s'écrie,
emporté par un élan dont il n'est pas le
maître : Ah ! pourquoi la vertu des hommes n'a-t-elle pas égalé leur génie !

A peine ces paroles lui sont-elles échappées, qu'il voudrait les retenir. Il se repent d'interrompre Omégare, et, pour
l'inviter à poursuivre son récit, il garde
promptement le silence, prête l'oreille
pour l'écouter, comme s'il parlait toujours, et fait éclater dans ses yeux l'impatience de sa curiosité.

Omégare, qui devine ses désirs, reprend
ainsi l'histoire de son voyage :

Les ailes de notre vaisseau nous por-
tèrent rapidement dans les nuages où
nous restâmes quelque temps immobiles, où nos regards, arrêtés de toutes
parts, ne pouvaient voir ni l'azur du

ciel, ni la terre que nous venions d'a-
bandonner. Déjà Palémos interprétait
comme un présage funeste ce départ
malheureux, lorsque le voile humide et
sombre qui nous environnait, tombant
tout à coup, nous rendit la vue du soleil et du firmament, et découvrit à nos
regards un horizon si vaste, si varié, que
nous ne pouvions nous lasser d'admirer ce
magnifique spectacle. Alors le vent qui
retenait son haleine s'élève avec force, il
agite nos voiles, il fait voler notre vaisseau vers les lieux où le soleil s'éteint
au milieu des ondes.

Le moment était venu de consulter le
livre de nos destinées. Nous entourons
Idamas, qui le prend avec un saint respect, l'ouvre et lit d'abord ces mots :
« C'est au Brésil et dans la ville du Soleil
que je vous envoie. » Le pilote s'écrie :
Le vent qui s'est élevé nous y conduit.
Idamas répond : Le même Dieu nous protége toujours. Ensuite il poursuit la lec-
ture de ce livre divin, que nous écoutons
avec un silence religieux.

« Semblable à tous les ouvrages créés,

» la terre ne pouvait pas être immortelle ;
» la nature calcula l'instant de sa déca-
» dence, et, comme une tendre mère,
» elle avait préparé les moyens de la
» régénérer ; mais la terre a devancé
» les temps marqués par la nature, et ce
» sont les hommes qu'elle nourrissait de
» son sein, ce sont ses propres enfants,
» qui, tout chargés de ses bienfaits, ont
» été ses parricides. Les fruits abondants
» qu'ils recevaient de ses mains libérales
» n'ont point assouvi leurs désirs. Ils se
» sont hâtés d'exprimer de ses entrailles
» jusqu'aux derniers principes de sa vie.
» Les hommes eux-mêmes, pour trop
» jouir, prodiguèrent leur force, et la
» perdirent. Il ne reste plus qu'un remède
» à de si grands maux, l'hymen d'Omé-
» gare avec la seule femme qui peut,
» comme lui, propager la vie et per-
» pétuer les hommes. Elle respire dans
» les régions du Brésil, où je vous con-
» duis sur les ailes des vents qui m'obéis-
» sent. Aussitôt que vous serez descendus
» dans la ville du Soleil, rassemblez les
» filles de cet empire, vous reconnaîtrez

» l'épouse d'Omégare à l'éclat d'un pro-
» dige que je ferai pour elle en présence
» du peuple, et qui vous soumettra les
» Américains les plus incrédules. »

Le livre ne renfermait que ces mots.
Idamas le baise avec un saint respect, et,
sur l'espérance qu'il nous a donnée, chacun se livre à la joie. Le seul Palémos ne
la partageait pas. Votre sécurité m'étonne,
nous dit-il ; jamais aucun mortel ne s'est
vu dans une situation plus terrible que la
nôtre. Le sort de votre vie et de la nature
entière dépend de l'existence de deux êtres
qui peuvent mourir, et dont l'un nous est
inconnu. J'avais espéré que ce livre, que
vous regardez comme un présent du ciel,
nous eût au moins promis le succès de
notre entreprise. Cependant il se renferme
avec vous dans une réserve effrayante.
Je doute même si l'Eternel l'a dicté :
pourquoi donc a-t-il craint de s'y nommer? Tout, mes amis, est incertain pour
nous, excepté les grands périls dont nous
sommes menacés.

Ce discours jeta la terreur dans l'âme
de mes compagnons. Ce fut alors que

j'eus pour la première fois l'occasion de
connaître Idamas. Avec quelle force il
s'éleva contre la défiance de Palémos !
Vous eussiez voulu, lui dit-il, que Dieu
vous eût promis le succès de ce voyage ;
de quel droit osez-vous lui prescrire des
lois ? A-t-il jamais dévoilé l'avenir tout
entier aux mortels qu'il a le plus chéris ?
Il eût compromis la vérité de ses oracles,
que l'homme eût refusé d'accomplir, pour
le seul plaisir d'accuser de mensonge le
ciel et ses prophéties. Il doit nous suffire
d'être certains que le souverain maître de
la nature nous protége, et qui de nous
peut en douter ? Palémos, ne l'avez-vous
pas entendu vous-même nous dicter ses
volontés ? Ne vous a-t-il pas révélé le
nom d'Omégare avant qu'il nous fût connu,
son départ de l'Orient, la route qu'il
avait prise sur la foi de cet oracle, ou
peut-être, pour en connaître la vérité,
vous volez au-devant d'Omégare ; il arrive, et c'est vous qui nous l'avez présenté. Voyez notre vaisseau, dont le
cours est si rapide, qui, sans pilote,
nous conduit aux lieux indiqués par le

destin. A quelles marques plus éclatantes pouvez-vous juger que l'Eternel est sorti de son repos, et veut par nos mains sauver la terre et les hommes?

Palémos cède à la force de ce discours, n'ose répliquer, et paraît honteux de sa défiance. Idamas, voyant le calme rétabli dans nos esprits, se plaît à nous raconter quels furent les habitants des régions qui s'offrent à nos regards, quels furent les mœurs et les traits les plus fameux de leur histoire; il nous montre dans le nord la place où fut l'Angleterre, et que l'Océan avait engloutie. Sur la gauche il nous fait remarquer l'ancienne Hibérie, où le fils d'Alcmène crut poser les dernières colonnes de la terre; mais il peut à peine nous indiquer ces objets, qui ne font que paraître et s'évanouir. Idamas s'étonne de la vitesse de notre vaisseau. Déjà nous touchons aux îles Fortunées, déjà nous distinguons le sommet du Ténériffe, une des plus hautes montagnes du globe. A cet aspect, Idamas est ému. C'est en vain qu'il s'efforce de cacher sous ses mains ses larmes, qu'il ne peut retenir. Je lui demande le sujet de sa douleur. Ah! me dit-il en me serrant dans ses bras, ces îles me rappellent les plus beaux jours de la terre et des hommes! Quelle majesté dans la nature humaine! quelles vertus! quels grands spectacles! Heureux ceux qui les virent! Qui croirait que nous sommes les descendants de ces mêmes hommes, et que nous habitons la terre qui les a portés! Quel est donc ce privilége de la nature, qui marqua leur naissance pour ces temps de splendeur? Pourquoi ce te fatalité qui nous a renvoyés à la fin des siècles?

A ces paroles d'Idamas, j'eus le désir de connaître les beaux jours de la terre, et je le conjure de m'en raconter l'histoire. J'y consens, me dit-il; si le ciel vous destine à régénérer l'univers, si vous devez être le père d'une race nouvelle, vous puiserez dans ces récits l'amour du bien, et les vrais principes du bonheur universel des humains.

Nous entrons sur le grand Océan, dont la surface monotone attristera vos regards, où vous ne serez plus récréés par la diversité des objets. Cette instruction charmera l'ennui du voyage.

L'histoire, continua-t-il, fut pendant un grand nombre de siècles le tableau déplorable de la faiblesse de l'esprit humain et de la férocité des passions. Je dis avec douleur une vérité qui m'humilie, l'expérience est la seule raison de l'homme. Des maximes plus dangereuses que la peste, les tremblements de terre et les incendies, furent mises longtemps, par des siècles qui se disaient éclairés, au nombre des vérités bienfaisantes. Les maux qu'elles causèrent ne peuvent s'éteindre. Elles ébranlèrent jusque dans leurs fondements tous les empires de l'Europe, et les couvrirent de cadavres. Ce fut alors seulement que ces maximes excitèrent l'horreur qu'elles méritaient. Ainsi les poisons ne furent connus qu'après avoir donné la mort.

L'histoire de si grands désastres devint un livre sacré, qui servit à maintenir les peuples dans la sagesse. Chaque année, un ministre des autels leur lisait les pages sanglantes de ce livre. A cette peinture des malheurs de leurs pères, leurs cheveux se hérissaient d'horreur. Les uns versaient des torrents de larmes ; les autres sortaient de l'enceinte du temple effrayés par ces récits affreux, et tous ensemble maudissaient et ces maximes exécrables qui bouleversèrent le monde, et les funestes génies qui les mirent en honneur.

Mûri par ces cruelles expériences, le genre humain avança à pas de géant dans la route de la perfection. Il semblait avoir atteint le plus haut degré de prospérité, lorsqu'un homme parut, dont le génie fit douter s'il ne cachait pas un Dieu sous la figure d'un mortel. Il s'appelait Philantor. Les philosophes qui l'avaient précédé firent la conquête des secrets de la nature, par la fatigue opiniâtre de leurs méditations. Philantor ne cherchait pas ce qu'il inventait. Il devinait la nature comme par inspiration. Tous les philosophes ensemble ne firent que soulever le voile qui la cachait. Philantor l'exposa toute nue aux yeux des mortels.

Les inventions des philosophes avaient été souvent stériles pour le bonheur de la terre, et quelquefois funestes. Celles de Philantor furent des bienfaits envers l'humanité. Son génie, au lieu de s'éteindre, semblait s'accroître au milieu des glaces de la vieillesse. Après avoir franchi l'espace d'un siècle, il découvrit un secret qui l'étonna lui-même : il sut dompter le feu, le dépouiller de son ardeur, rendre la flamme palpable, la conserver, sans lui donner des aliments à dévorer, et, comme un fluide, l'enfermer dans un vase. Maître du plus terrible des éléments, il fit des prodiges par le secours de la flamme obéissante ; il simplifia tous les arts, en créa, et parut avoir la toute-puissance de Dieu.

L'histoire d'une seule de ses découvertes suffira pour vous peindre ce grand homme, parmi tant d'inventions qui, chaque jour, illustraient sa vie. Il trouva le secret de prolonger les jours de l'homme et de rajeunir la vieillesse. Dans les premiers transports de joie que lui causa cette découverte, il s'écria tout brûlant

du saint amour de l'humanité : » S'il. est
» un mortel qui désire renaître à la vie,
» c'est moi, sans doute, qui touche au
» dernier terme de mes jours, moi qu'une
» force irrésistible va précipiter dans la
» tombe qui s'ouvre sous mes pas. Je la
» ferme aujourd'hui. Le feu de la jeu-
» nesse et des passions va circuler dans
» mes veines. Cependant, j'en atteste le
» ciel, ce n'est pas de mon bonheur que
» je suis le plus heureux. O hommes ! ô
» mes frères ! vous faites en ce jour ma
» joie la plus vive : vous avez reçu de
» vos pères quelques jours d'existence, je
» vous donnerai l'immortalité ! »

C'est avec délices qu'il se disposait à
révéler son secret ; il voulait en rendre
la pratique si facile qu'elle devînt tout
à coup universelle et populaire, quand
un doute vint l'affliger, et suspendit son
projet. Il craignit, s'il donnait à l'homme
le pouvoir de prolonger ses jours, que
la terre ne pût nourrir l'immense population qui la couvrirait. Il s'enferme
dans la solitude, où séparé de tout com-
merce avec les humains, il calcule les

forces de la nature. On dit qu'après avoir
terminé ses travaux, il se prosterna devant le Créateur, et lui rendit grâces
d'avoir donné des limites si courtes aux
jours de l'homme. Il reconnut que l'espace de la vie humaine fut réglé par
l'Eternel sur la grandeur du globe et
la fécondité de ses habitants ; que si cet
ordre était troublé, si les hommes mul-
tipliaient leur jeunesse, la terre ne pourrait plus porter leurs enfants trop nombreux, qui s'égorgeraient pour le seul
intérêt de vivre. Philantor jura de taire
un secret dont les suites seraient si funestes. Il sort de sa retraite, la pâleur
sur le front, déchiré par la douleur de
voir sa plus chère espérance trompée. Il
renonce à ses travaux, aux fruits les plus
heureux de son génie. Il ne veut plus se
dépouiller de sa vieillesse, s'il ne partage
le même bonheur avec ses contempo-
rains, et, n'aspirant qu'à terminer sa vie,
il tombe dans une langueur mortelle.
Couché sur un lit de douleur, près de
rendre les derniers soupirs, il croit entrevoir le moyen de rendre son secret

utile au genre humain. Cette seule espérance lui rend aussitôt les forces de la
santé. Philantor, revenu des portes du
tombeau, obtient les îles Fortunées du
monarque qui les possédait, y fait élever
un temple, qu'il environne d'une triple
muraille, haute de quinze coudées et
fermée avec des portes de bronze. Cet
ouvrage terminé, Philantor comprime dans
une urne d'or le feu régénérateur des
vieillards et convoque les ambassadeurs
de tous les rois au Ténériffe, dont il
changea le nom pour l'appeler l'île de
la Jeunesse.

Sur le nom seul de Philantor, et sans
vouloir s'informer de ses desseins, les
rois commandèrent le départ de ses ambassadeurs. Ces mers que vous voyez
étaient couvertes de leurs vaisseaux. L'île
de la Jeunesse pouvait à peine contenir
la foule des spectateurs. Accourus de tous
se climats, ils y dressèrent des tentes qui,
par leur nombre et la diversité de leurs
couleurs, formaient un spectacle magnifique. Sitôt qu'il fut arrivé, ce jour mar-
ué par Philantor, où ce grand homme

devait s'expliquer, le salpêtre enflammé
tonna de tous les vaisseaux pour l'annoncer. Les ambassadeurs s'assemblent,
et marchent au temple au son des instruments, et suivis d'un peuple immense.
O moment à jamais mémorable dans
l'histoire des hommes, et qui n'a pu périr !
Philantor, assis sur la tribune du temple,
l'urne à ses côtés, attendait les représen-
tants des rois. Dès qu'ils sont arrivés,
il remet entre les mains d'un jeune homme
dont la voix est agréable et sonore, ce
discours qu'il prononce :

« O peuple, dit-il, au nom de ce vieillard vénérable, quand le ciel voulut dévouer un mortel à l'infortune, il le créa
pour être un grand homme ! Le sage qui
préféra le bonheur à la gloire refusa de
remplir cette destinée, et cacha son génie.
La société, tyran des grands hommes
pendant leur vie, se crut quitte envers
eux pour les placer dans l'Olympe après
leur mort; facile récompense qui ne leur
coûtait qu'une apothéose. Commençons par
être justes, reconnaissants, et ne laissons
pas au ciel le soin d'acquitter les dettes

de la terre. Cette île que je dois à la
bienfaisance du monarque qui la possédait, placée entre les deux mondes, je la
donne au genre humain. Elle est propre
à réunir les ambassadeurs de tous les
empires de la terre. C'est ici que je les
appelle à décerner aux grands hommes
une récompense digne de leur ambition.
Jetez les yeux sur cette urne d'or qui contient un amas de feux, dont la moindre
étincelle suffit pour rajeunir le vieillard le
plus caduc. Décernez ce prix au génie em-
belli par la vertu ; mais qu'il ne suffise
pour le mériter d'un grand talent ou de
quelque action d'un éclat passager. Exigez
une vie entière de travaux ; un mérite si
rare qu'il ne puisse pas être remplacé.
Cette urne s'épuisera. Soyez plus avare de
la flamme qu'elle renferme que de toutes
les richesses du nouveau monde. O peuple !
vous possédez des vieillards qui remplissent la terre du bruit de leurs travaux et
de leurs vertus ! Hâtez-vous de prévenir
la mort qui les menace ; ce sont des
hommes que le ciel accorde rarement à
la terre. Soyez généreux envers vous-

mêmes, en vous les conservant. Je mourrai
satisfait, si je vois mes illustres contem-
porains rentrer pour vous dans la carrière
de la vie. » Pendant ce discours de Philantor, et longtemps après, l'étonnement
suspendait avec tant de forces tous les
mouvements de l'assemblée, qu'elle était
immobile, et paraissait ne former qu'un
seul corps. Ce fut un ambassadeur indien
qui le premier rompit le silence, et qui
s'écria : Oui, il est un vieillard qu'il fau-
drait rendre immortel, s'il était possible,
et ce vieillard, c'est toi. Que sans sortir
de ce temple, dans l'instant même, sous
nos yeux, tu reprennes l'éclat de tes premiers jours. Oui, répondirent tous les
ambassadeurs, nous le voulons ainsi.

Le modeste Philantor n'avait pas prévu
qu'il serait le premier objet de la reconnaissance des peuples. Ce cri général,
cette rapide explosion de tous les cœurs,
ces bras étendus vers lui, ce spectacle si
touchant l'a trop ému. Je me meurs, dit-il
d'une voix presque éteinte. Aussitôt ses
yeux se ferment ; on croit qu'il a rendu
le dernier soupir. Tous les esprits sont

agités, le temple retentit d'un murmure confus de douleur et d'effroi. Du milieu de cette troupe alarmée, un jeune Français s'ouvre un passage, s'élance à la tribune, puise dans l'urne d'or le feu régénérateur et le porte sur les lèvres de Philantor. A peine a-t-il reçu dans son sein cette flamme bienfaisante, il s'agite, il ouvre les yeux à la lumière, et sourit à l'assemblée inquiète, comme s'il voulait la rassurer. Tandis qu'on admire ce changement subit, ô prodige encore plus étonnant! les cheveux de Philantor, épars sur ses épaules, se noircissent, ses rides s'effacent, une mâle vigueur respire dans tous ses traits, il se lève; et, dans ses mouvements majestueux et fermes, la grâce et la force sont réunies. Il parle, et les accents de sa voix sensible et sonore annoncent que le feu des passions est ressuscité dans son cœur.

L'urne d'or fut déposée au sanctuaire du temple, et confiée à la garde de mille jeunes gens éprouvés par une probité courageuse. Depuis ce jour, le génie et la vertu reçurent dans cette île la récompense de leurs bienfaits. Il fallait pour l'obtenir le suffrage presque entier du genre humain qui, souvent trop sévère, refusa cette apothéose à des hommes qui l'avaient méritée, et qui moururent sur le seuil du temple, épuisés par leurs veilles et leurs efforts. Les nations, après les avoir perdus, se repentirent de leur rigueur : regrets tardifs qui vengèrent ces grands hommes, et dont leur gloire fut augmentée.

Cependant l'institution de Philantor eut des effets prodigieux. On n'ose croire aux travaux entrepris par le genre humain pour mériter cette récompense. Les monuments qu'ils élevèrent sont si beaux, qu'ils satisfont les désirs de l'imagination, et qu'on doute quelquefois s'ils sont sortis de la main des hommes. Rien ne fut comparable à l'éclat des sociétés, à la perfection des arts, aux vertus de l'humanité. Cette grandeur fut commune à tous les pays, à plusieurs siècles. En lisant l'histoire de cet âge, on ne retrouve plus l'homme dans l'homme lui-même. Il semble que des êtres plus parfaits vinrent habiter le globe terrestre. Ils furent comme les géants du

génie et de la vertu. La terre, parvenue à
ce haut degré de gloire et de bonheur,
éprouva le sort des hommes. Ont-ils
atteint la perfection de l'esprit et du
corps, le feu qui les animait s'affaiblit.
Bientôt succèdent les glaces de la vieillesse
et de la mort. Ainsi la terre couverte de la
population la plus heureuse, redevenue
un second Eden, commença par perdre de
sa fécondité. L'homme effrayé ne songea
plus qu'à sauver sa demeure d'une ruine
prochaine. Il porta si loin les efforts de
l'art, qu'il sut rassembler la chaleur éparse
dans les airs, la concentrer sur les ter-
rains refroidis, qu'il sut ressusciter la vigueur des terres épuisées et féconder la
poussière. Cette lutte de l'art contre les
ravages du temps et de la mort eût peut-
être prolongé les jours de la terre, si le
plus terrible des événements n'eût pas dé-
couragé les hommes et rendu tous leurs
efforts inutiles.

L'astre du jour venait de terminer sa
course. Une clarté plus vive que l'aurore
brille à l'orient, et qui, loin de s'éteindre
par les progrès de la nuit, s'accroît et s'é-

tend sur la voûte des cieux comme une nappe de feu. La terre réfléchit cet éclat du firmament. La nature entière, les airs et les nuages, les plantes, les animaux et les hommes paraissaient enflammés. On crut qu'un nouveau soleil allait monter sur l'horizon, ou que le jour de l'embrasement universel était arrivé. C'étaient les approches de la lune qui causaient ce spectacle terrible. Elle se lève sanglante, avec la forme d'une large bouche ouverte, d'où jaillissaient sans cesse des torrents de feu. A cette vue, les animaux épouvantés poussent des hurlements affreux, tous les peuples tremblants attendent la mort, et se jettent le visage contre terre. Un seul philosophe eut le courage de contempler ce phénomène effroyable. Après l'avoir considéré d'un œil tranquille, il dit qu'un grand volcan consumait la lune. Il observe cet incendie, il calcule sa durée; enfin, il annonce aux hommes que les cieux ont repris leur sérénité, mais qu'ils n'y cherchent plus l'astre des nuits, qu'il vient de périr, et que ses cendres, rendues au chaos, vont s'y ranimer pour

redevenir les éléments d'une terre nouvelle.

Tandis qu'Omégare fait ce récit d'Idamas,
Adam ne peut retenir les mouvements de
sa surprise : il interrompt brusquement
Omégare. Quoi! dit-il, elle est disparue!
mes yeux ne la verront pas. A ces mots du
père des hommes, Omégare et Syderie portent sur lui des regards inquiets et curieux ; ils l'examinent de nouveau. Comment, lui dit Omégare, auriez-vous connu
cet astre? Depuis longtemps il n'est plus.
A ces paroles d'Omégare, Adam se lève
avec véhémence ; et comme si l'astre des
nuits eût été présent, il lui tient ce discours : O toi que je croyais immortel
comme les cieux, je devais donc te survivre et pleurer sur ta cendre. Oh! combien j'aurais été sensible au bonheur de
te revoir, tu fus le témoin de mes heures
les plus heureuses. J'aimais ta douce lumière qui les éclaira : tu me les eusses
rappelées. Oh! sans doute, tous les monuments de mon existence sont détruits.

Le premier homme, après avoir exhalé
sa douleur par ces mots, reste enseveli

dans une profonde rêverie, dont il ne sort qu'en jetant les yeux sur Omégare et Syderie; il lit, sur leurs visages étonnés, l'imprudence qu'il a commise, il se la reproche ; et craignant d'avoir trop parlé dans son transport, il fait tous ses efforts pour dissiper leurs soupçons ; il leur promet dè se faire connaître dès qu'il saura la fin de leur histoire. C'est alors, leur dit-il, que vous comprendrez ces paroles qui me sont échappées.

Rassuré par ces promesses du premier homme, Omégare reprend le récit d'Idamas.

Aussitôt que la terre, dit-il, eut perdu dans la lune son astre tutélaire, sa décadence fut encore plus rapide. Les diverses ressources que l'art avait inventées pour la retarder, devinrent impuissantes. Les hommes tombèrent dans le découragement en voyant des champs baignés de leurs sueurs refuser de produire la ronce stérile ; les uns, furieux, brisaient les instruments de l'agriculture, les autres, désespérés, invoquaient la mort. Alors les hommes commencèrent à se regarder d'un œil ennemi. Les lois ne pouvaient plus arrêter le meurtre et le brigandage. On dit même que plusieurs chefs liés par des serments exécrables, formèrent le projet atroce d'exterminer une portion du genre humain : les poignards étaient prêts ; la nuit qui devait couvrir de son ombre cet horrible massacre, était sur le point d'éclore.

Un ministre des autels, Ormus, né dans l'empire français, conjura cet orage. Le ciel avait mis sans doute en réserve, pour les derniers siècles, ce génie fécond et hardi. Dans les maux extrêmes, il étonnait par des ressources plus grandes que les malheurs ; lorsqu'il en manquait, il ne restait aux hommes que le désespoir.

Il leur proposa d'ouvrir aux fleuves des routes nouvelles, de s'emparer de leurs lits, et d'y descendre avec la charrue pour les cultiver. Là vous attend, leur dit-il, une terre vierge et neuve comme celle qui fut ensemencée par les premiers enfants des hommes, une terre nourrie par le limon qu'y déposent les eaux

depuis la création, et si fertile, que vos
moissons surpasseront en beauté les récoltes que le Nil donnait à l'Egypte. Il
est vrai qu'elles ne suffiront point à vos
besoins ; mais si ces travaux pénibles
n'étonnent point votre courage, si vous
avez la patience de les achever, je vous
le promets en ce jour à la face du ciel,
je vous conduirai dans un nouvel univers
plus grand, plus fécond et plus riche que
ne le fut la terre dans les jours de sa
splendeur.

Les peuples croient aux paroles d'Ormus. A force de travaux, ils détournent
le Rhône, la Seine, le Danube, le Gange,
l'Indus, le Tanaïs ; ils apprennent à tous
les fleuves à couler dans des canaux
creusés par leurs mains, et cultivent
aussitôt la terre qu'ils ont abandonnée.
Les moissons dorées revinrent égayer les
yeux de l'homme, et les peuples com-
blèrent Ormus de leurs bénédictions. C'est
alors qu'encouragé par ces témoignages
de la reconnaissance publique, ce grand
homme osa publier un projet plus vaste,
et si hardi qu'il étonne encore mon

esprit. Ce n'est point assez, leur dit-il, d'avoir changé les fleuves, les étangs, les lacs en des campagnes fertiles. Vous avez besoin de plus grandes ressources ; je vous ai promis un nouvel univers ; je viens vous le donner. Faites avec moi la conquête de l'Océan ; repoussons loin de nous ses ondes ; forçons-le de chercher une retraite sur les terres australes ou sur le continent que nous habitons, et prenons la place qu'il occupe. Je ne veux pas vous dissimuler le péril de cette entreprise : il est extrême ; si vous n'avez l'art de maîtriser les flots terribles et furieux, ils vous engloutiront. Mais les horreurs de la famine dont nous sommes menacés sont-elles moins à craindre que les fureurs de l'Océan ? Pour moi je préfère le danger qui peut nous sauver.

A l'idée seule de ce projet, tous les peuples furent épouvantés ; ils avaient jusqu'alors regardé l'Océan avec un respect religieux ; ils pensaient qu'il n'était pas permis d'en reculer les limites que Dieu posa lui-même, et que si la main

d'un mortel osait y toucher, ils auraient
à redouter tous les fléaux de sa colère.
Ce ne fut pas sans peine qu'Ormus leur
inspira son audace. Quelle est votre erreur,
leur disait-il, de croire que l'Eternel ait
enfermé l'Océan dans des bornes sacrées?
Chaque jour le moindre accident les dé-
place : un tremblement de terre, la chute
d'une montagne, l'abondance des pluies,
l'explosion d'un volcan. Combien de fois
des princes n'ont-ils pas resserré le lit de
la mer pour agrandir leurs Etats, sans
que le ciel ait vengé cette usurpation.
Ah ! bien loin de craindre son courroux,
je pense au contraire qu'il va seconder
nos efforts, et que c'est lui peut-être
qui m'inspire ce projet, pour conserver
le genre humain dont il ne veut pas la
ruine. Enfin la terre vous appartient ;
vous l'avez reçue de Dieu ; c'est un
présent de sa main céleste ; vous pouvez,
pour vos besoins et vos plaisirs, abattre
des montagnes, combler des vallées,
creuser les entrailles du globe ; vous
venez de changer le cours des fleuves.
Chassez, si vous le pouvez, l'Océan de

son lit : il est, comme les fleuves, sous votre domination, et créez – vous un monde nouveau sur les débris de l'ancien.

Ce fut Ormus qui donna le plan de cette fameuse conquête, et qui la dirigea : tandis que d'un côté, par l'explosion toute-puissante de la poudre, il faisait sauter en mille éclats des rochers aussi vieux que le monde, des montagnes dont le front se cachait dans les nuages, et qu'il préparait à la mer des retraites faciles, d'immenses bassins ; de l'autre, il faisait construire des digues dont la structure savante atteste son génie. Mobiles tel qu'un char et presque aussi faciles à conduire, elles pouvaient, au gré de leur guide, décroître ou s'élever jusqu'à la hauteur de mille coudées. C'est avec le secours de ces machines qu'il prétendait subjuguer la mer. Ormus, qui connaissait le globe comme s'il l'eût créé, disait déjà quelle route l'Océan suivrait dans sa fuite. Comme d'abord, à l'exemple d'un courrier fougueux et indompté, il résistera aux mains qui voudront l'asservir, avec quelle fureur., avec quels mugissements ses ondes se porteront contre les digues pour les combattre et les renverser. Il disait, comme après s'être vainement tourmenté, forcé de reculer devant l'homme, il ira cacher sa chute et précipiter ses flots écumants de rage sur les terres dont il avait ouvert les passages ; par quelle route il le conduirait sur notre continent où ses eaux combleraient les gouffres que nos mines et nos carrières avaient formés, et qui deviendraient un jour pour les navigateurs des abîmes sans fond.

Ormus ne doutait point du succès de ses plans ; il craignait seulement d'être abandonné par les hommes que les fatigues toujours naissantes de si grands travaux pouvaient décourager. Il ne cessait d'animer leur courage par ses discours. Je ne vous parle point, leur disait-il, des richesses que l'Océan recèle dans son sein, où depuis des siècles innombrables l'argent et l'or, le marbre et les pierres précieuses se forment en silence ; vous y trouverez des richesses plus désirables, des terres plus fertiles que les lits des fleuves où vous êtes descendus. Vos seules semences vont les féconder. S'opposer au luxe des moissons et les recueillir, voilà quels seront tous les travaux du laboureur. O jour fortuné ! lorsque sur les lieux où tant de navigateurs périrent submergés avec leurs richesses, vous planterez l'olivier, symbole du bonheur et de la paix, l'oranger toujours vert, les arbustes qui portent les parfums, et la vigne qui produit le doux nectar. Les premiers hommes reçurent un monde couvert de fleurs et d'arbrisseaux ; vous aurez la gloire de créer le vôtre, vos neveux vous devront tout : et la terre qu'ils fouleront sous leurs pieds, et les arbres qui la couvriront de leur ombre, et les ornements dont vos mains vont l'embellir.

Les peuples puisaient dans ces discours d'Ormus une ardeur nouvelle. Depuis les côtes de la Corée jusqu'à celles de la Norwége, on entendait retentir l'infatigable marteau : les digues avançaient, Ormus ne demandait plus que cinq années pour faire les premiers pas sur les terres de l'Océan.

Ah! continuait Idamas avec un accent plus animé, toutes les fois que je pense à ce projet d'Ormus, je suis transporté d'admiration pour la hardiesse de son plan, et pour la patience des peuples que de si longs travaux ne purent lasser. Quand je me promène sur les bords de la mer; et que j'y vois encore les ateliers dont ses rivages sont couverts, et les membres épars de ses digues, qui n'attendent qu'une main qui les rassemble, je ne suis plus le maître de ma douleur, mes yeux se remplissent de larmes. S'il fallait qu'un homme s'immolât pour qu'Ormus eût seulement commencé cette conquête, je verserais mon sang tout à l'heure, et je renoncerais à l'espérance de voir le printemps qui nous est promis, et les générations qui sortiront d'Omégare; quel plus beau spectacle que celui de tous les hommes réunis, combattant corps à corps cette masse énorme du plus indomptable des éléments! Oui, je crois que dans ce moment le ciel se fût

ouvert pour assister à cette scène sublime, et soit que le genre humain fût
sorti vainqueur de ce combat, soit qu'il
eût succombé, le succès comme la défaite
l'eût couvert de gloire.

C'est avec peine qu'Idamas prononça
ces dernières paroles, tant il était ému.
Sa voix altérée, ses yeux humides, tous
les traits de sa figure exprimèrent le
trouble de son âme ; il garda quelque
temps le silence, nous-mêmes nous par-
tagions son émotion ; ce repos nous fut
agréable ; mais bientôt, impatients de
savoir quelle cause avait arrêté l'entreprise d'Ormus, nous le priâmes d'achever
cette histoire, qu'il poursuivit ainsi :

Un jour, cher Omégare, reprit Idamas,
en m'adressant la parole, vos descendants
exécuteront peut-être ce projet d'Ormus
sous des auspices plus heureux, mais des
obstacles, que la prudence humaine ne
pouvait prévoir ni surmonter, le firent
abandonner. L'hymen devint stérile ; à
peine une grande ville donnait le jour à
dix enfants dans une année, les peuples
commençaient à murmurer contre Ormus.

Nous manquons de postérité, disaient-ils,
les enfants qui doivent nous succéder ne
seront point assez nombreux pour se
nuire. Qu'avons-nous besoin d'un nouvel
univers que nous ne pourrons pas peupler ! Laissons les travaux qui sont dé-
sormais inutiles, qu'Ormus poursuive s'il
veut la conquête de l'Océan, il ne la désire
aujourd'hui que pour immortaliser son
nom. Il ne s'informe pas si nous mour-
rons sous le poids des plus dures
fatigues, et c'est à sa gloire qu'il nous
immole !

Ormus n'eut pas besoin d'apaiser ces
murmures, l'événement le plus imprévu
suspendit dans un instant tous les travaux, et les arrêta pour jamais. Le
soleil donna tout à coup des signes de
vieillesse, son front pâlit et ses rayons
se refroidirent. Le nord de la terre
craignit de périr, ses habitants se hâtè-
rent de quitter des climats dont la
froidure augmentait de jour en jour,
ils emportent leurs richesses, et courent
à la zone torride se presser sous les
regards du soleil.

Les établissements les plus nombreux se formèrent au Brésil ; il ne resta dans le nord que quelques hommes insouciants et robustes accoutumés à l'âpreté des frimas. Ormus lui-même se réfugia dans la ville du Soleil, où notre vaisseau nous conduit. Ah ! si ce grand homme vivait encore, quelles actions de grâces je rendrais au ciel ! que de lumières je puiserais dans ses entretiens, et quelle joie je verserais dans son cœur à l'heureuse nouvelle de la résurrection prochaine de la nature, qu'il voulait obtenir à force de science et de génie.

La ville du Soleil le reçut avec transport, il en devint bientôt le bienfaiteur. L'hiver entra sur les terres du Brésil, blanchit les plaines, arrêta les fleuves étonnés de ne plus couler. Alors l'illustre Ormus apprit aux hommes l'art utile de fondre dans un instant des amas de glace ; les nations reconnaissantes proclamèrent qu'il avait mérité la récompense qu'elles décernaient au génie, mais Ormus voulut la refuser : La terre, disait-il, touche à sa dernière heure, prolonger mes jours, c'est vouloir me rendre le malheureux témoin de sa destruction; laissez-moi terminer ma vie, Ormus n'a-t-il point assez vécu? Cependant il ne put résister aux vœux unanimes des peuples. Je sortais de l'enfance lorsque les députés de tous les rois se rendirent à l'île de la Jeunesse, Ormus épuisa l'urne d'or. Ainsi nous sommes arrivés au dernier terme de toutes choses.

J'ignore quels ont été depuis ce jour les destins du Brésil; mais s'il est vrai que cet empire ne possède qu'une seule femme capable de perpétuer la race des hommes, ces climats ont subi de grands changements, et leur sort n'est pas moins déplorable que le nôtre.

Idamas, à ces mots, fut interrompu par le pilote, qui nous annonça que les vents avaient cessé de souffler; que les zéphyrs mêmes retenaient leur douce haleine, et que notre vaisseau, surpris par le calme, était immobile.

Enveloppés dans un nuage épais, nous ignorions à quel point du globe nous étions parvenus. Palémos croit qu'une

grande distance nous sépare encore de la
terre, que nous sommes toujours suspendus sur l'Océan, et qu'il faut attendre
le retour des vents. Et moi, dit avec
courage Idamas, j'ose assurer que si le
ciel nous a conduits, il vient de nous
arrêter sur la ville du Soleil. J'ordonne
la descente du vaisseau ; si je me suis
trompé nous périrons dans l'Océan, et nos
craintes seront terminées.

Le pilote, pâle et tremblant, obéit aux
ordres d'Idamas, il ouvre une issue aux
esprits volatils dont la toile est gonflée,
un instant nous précipita sur une grande
place entourée d'édifices magnifiques.
Palémos reconnut aux divers emblèmes
dont elle était décorée, que nous étions
descendus dans la ville du Soleil. Il me
serait impossible de peindre notre joie.
Nous fîmes retentir l'air de mille cris
d'allégresse. Hélas ! cette joie fut de
courte durée, nous ignorions les lois
cruelles que cette ville avait portées, et
qui condamnaient à mort tous les étrangers.

# CHANT QUATRIÈME.

Au spectacle de la descente des Français, aux cris dont nous remplissions les
airs, les habitants de la ville du Soleil
accoururent armés sur la place, et nous
environnent en lançant sur nous des
regards furieux. Alors arrive un de leurs
chefs, qui s'appelait Eupolis, et qui nous
parle ainsi : « Votre audace est extrême
d'aborder une ville qui dévoue au dernier
supplice tous les étrangers. Si vous connaissiez cette loi, vous venez d'entendre
votre arrêt ; si vous l'ignoriez, partez, le
délai d'un instant serait puni de mort. »
Le peuple applaudit aux discours d'Eupolis, et veut nous épouvanter par ses
cris et ses gestes menaçants.

Idamas, les yeux baissés, le calme sur

le visage, oppose le silence à cette fureur.
Immobile comme le rocher contre qui la
mer brise ses vagues, il attend que le
peuple, fatigué de sa colère, s'apaise de
lui-même. Ensuite s'avançant vers Eupolis, avec un courage tranquille, il lui
dit : Nous sommes les derniers rejetons
du peuple français. Séparés de vous par
les barrières de l'Océan, les lois de cet
empire nous sont inconnues. Faites-nous
périr si vous le désirez ; mais avant de
nous immoler, daignez nous apprendre
pourquoi vous avez porté contre vos
semblables une loi si barbare.

La nécessité, répond Eupolis avec des
yeux ardents de colère. Dites au ciel, de
nous rendre nos moissons ; dites à la
terre de ne pas dévorer les semences
que nos mains lui confient ; faites que
nos sueurs et notre sang la fertilisent,
et ces murs seront ouverts à tous les
hommes, que nous chérissons comme
nos frères.

Si tels sont vos sentiments, reprend le
vertueux Idamas, abjurez la loi cruelle
que vous avez portée. Le terme de vos

maux est arrivé, la terre va redevenir féconde, des générations nombreuses vont la peupler. Ainsi, Dieu lui-même nous l'a révélé. C'est à sa voix que nous avons quitté notre patrie pour vous chercher sur ces rivages lointains, et vous consoler par ces nouvelles heureuses, voulez-vous égorger vos libérateurs?

Qui me répondra, dit Eupolis, de la vérité de vos paroles? Vous n'avez ni la figure, ni le langage des fourbes ; mais je crains autant les hommes crédules que l'imposteur. A quels signes reconnaîtrai-je qu'un faux espoir ne vous a point abusés ?

Idamas raconte quelle inspiration soudaine l'entraîna dans un temple de son pays, où Dieu lui donna des preuves sensibles de sa présence, et lui révéla ses desseins : sous quelle forme le génie terrestre lui était apparu, quels furent ses discours et ses ordres. Il expose ensuite de quel mariage dépend aujourd'hui le destin de l'univers. Il me présente au peuple, en disant : De tous les hommes répandus sur la terre, voici le seul qui puisse en perpétuer la race, et s'il est Européen, ô peuple! n'en soyez point jaloux. Vous possédez la seule femme qui puisse avec lui féconder l'hyménée. J'ignore quel est son nom, quels lieux elle habite; je sais seulement qu'elle respire dans ce royaume, où je dois la découvrir. Il raconte enfin les merveilles de notre voyage, comment un Dieu nous a guidés sur l'Océan des airs, et montre jusqu'au livre que l'oracle nous avait laissé.

Charmés par ces récits, les Américains allaient se précipiter dans nos bras. Eupolis, d'un seul geste, refroidit leur bienveillance, et les arrête. Pourquoi, répond-il aux Français, si le ciel avait besoin du concours de l'Amérique, refuse-t-il de s'expliquer avec elle? Pourquoi vous a-t-il prodigué les miracles sans daigner nous en réserver un seul? aurait-il épuisé sa puissance dans l'Europe? ou bien aurait-il jugé qu'il était plus difficile de subjuguer votre foi que la nôtre? Je n'accuserai pas le ciel de cette erreur grossière, et si vous voulez qu'enfin je vous explique ma pensée, mes yeux ne verront jamais de prodiges.

Il prononça ces dernières paroles avec le ton de l'ironie et de l'insulte : les doutes d'Eupolis m'avaient humilié ; mes compagnons étaient désespérés. Le seul Idamas s'irrite des obstacles qu'il éprouve ; ses gestes s'animent, ses yeux s'enflamment, sa voix terrible retentit au loin, et porte l'effroi dans les âmes. D'abord il interroge vivement Eupolis. Dans quels temps, lui dit-il, faites-vous éclater cette défiance incrédule ? Un des plus beaux ouvrages du Créateur, la terre, est sur le point de périr : s'il veut la sauver, n'est-il pas nécessaire qu'il se montre et qu'il n'abandonne plus à des lois caduques le soin de l'univers : vous vouliez qu'il vous manifestât sa volonté ? O prétention superbe ! aviez-vous, ainsi que nous, une patrie à quitter ? l'Océan des mers à parcourir ? Vous n'aviez qu'un asile à nous donner. Vous aviez donc besoin, pour recevoir des hommes, qu'un Dieu vous parlât ! Ensuite, s'adressant aux

Américains, il leur fait un tableau rapide des maux qui désolent la terre et dont l'activité s'accroît avec une vitesse effrayante: Le globe et le genre humain sont comme penchés sur l'abîme du néant. Chaque instant peut les y précipiter, et vous n'arrêterez pas leur chute effroyable! Vous aurez donc achevé la ruine de la terre et des hommes. Vous serez les homicides de vous-mêmes et des générations futures. Je n'invoque pas sur vous les châtiments du ciel; mais j'ignore s'il est dans les enfers des tourments qui punissent des forfaits aussi grands. J'atteste le ciel que j'ai tout employé pour vous fléchir. Je pars, ou plutôt exécutez sur moi votre loi de sang; je ne veux pas survivre à l'espoir du bonheur que j'attendais.

A peine Idamas a-t-il cessé de parler qu'un murmure semblable à celui des flots d'une mer agitée s'élève parmi le peuple que la véhémence de ce discours avait ému. Eupolis conservait encore sa froide attention, et peut-être allait-il réprimer la faveur de ce mouvement populaire, si dans le moment même une scène nouvelle n'eût distrait tous les esprits. Nous entendons des voix éclatantes, des cris de joie, tout le mouvement d'une marche précipitée ; bientôt nous voyons paraître les habitants des rivages voisins qui traînaient des chars couverts d'oiseaux et de quadrupèdes morts et tout sanglants, et qui s'écrient, en nous voyant : « Nous apportons l'abondance dans ces murs. » A cette nouvelle, le peuple pousse des cris de joie, embrasse ses bienfaiteurs, et veut savoir quel Dieu leur a donné cet immense butin.

Le chef de la troupe demande un moment de silence qu'il obtient, et nous parle ainsi: Rien, dit-il, n'est plus effrayant que l'événement à qui nous devons cette abondance qui vous étonne. Hier, il s'éleva sur nos rivages une tempête si violente, que la terreur qu'elle y causa dure encore. Je crois que tous les vents déchaînés, en guerre les uns contre les autres, avaient choisi notre ciel pour leur champ de bataille ; ils y accoururent en hâte, à l'improviste, par tous les points de l'horizon. Ce premier choc est si impétueux, qu'il abat des arbres dont la racine plonge dans les enfers et qu'il ébranle des montagnes qui sont assises sur les fondements du monde. Tantôt les aquilons repoussent les autans qui mugissent de rage, tantôt les autans reviennent avec furie sur les aquilons, les soulèvent comme les vagues de la mer, et s'emparent de l'espace des airs. Quelquefois tous les vents combattent à la fois, se choquent, se renversent, se relèvent, s'échappent en tourbillons, se tiennent suspendus au haut des monts, s'y balancent longtemps sur les vallons, et s'y précipitent avec des sifflements horribles. Cette tempête s'apaise; aussitôt paraissent des oiseaux dont le nombre est si prodigieux, que les airs en sont obscurcis; des troupeaux de quadrupèdes, qui semblent nous chercher et nous demander la mort. Nous étions si consternés, que personne ne pensait à s'emparer d'une proie si facile. Le premier, je donne le signal du carnage en tuant plusieurs oiseaux. Soudain mes compagnons imitent mon exemple : tous ces animaux tombent sous nos coups; enfin, surchargés de biens, nous venons partager, avec nos frères de la ville du Soleil, cette heureuse fortune que nous regardons comme un miracle de la bienfaisance du ciel.

Oui, c'est un miracle, s'écrie le peuple, Dieu se déclare en faveur des Français, il a fait le prodige demandé par Eupolis. Le peuple transporté de joie conduit en triomphe les Français, les chars et les habitants des rivages voisins, au palais d'Aglaure, qui commandait au Brésil; je marchais à côté d'Idamas, qui me dit : J'attendais le succès que nous avons obtenu. Que cet événement nous instruise; peut-être nous essuierons encore des revers, mais n'en soyez point abattu, Dieu se montre et ne peut plus nous abandonner.

Ensuite Idamas demanda des nouvelles d'Ormus aux Américains qui nous accompagnaient; un d'entre eux lui répondit qu'Ormus sorti depuis trois ans de la

ville du Soleil, leur avait fait des adieux
éternels ; qu'ils avaient voulu le retenir,
mais que rien n'avait pu le toucher, ni
la douleur du peuple, ni les prières
d'Aglaure. Cessez, nous dit-il, de combattre mon dessein : je prévois que,
bientôt armé par la famine, l'homme va
devenir un fléau pour l'homme; voulez-
vous que j'attende le moment où vous
viendrez me disputer une nourriture
grossière, et peut-être attenter à ma
vie.

O mes concitoyens, tandis que vous
m'aimez et que vous conservez d'Ormus
un souvenir qui vous est cher, souffrez
que je me sépare de vous ; pourquoi
faut-il que je vive encore? pourquoi les
nations ont-elles voulu prolonger ma vie?
Je n'eus pas la force de refuser ce cruel
bienfait ; j'aurai celle de vous résister.
Ensuite Ormus, levant ses mains au ciel,
le prie de répandre sur nous ses bénédictions, et part sans attendre notre
réponse et sans nous dire quel asile il
va choisir sur la terre.

Ce départ d'Ormus, continua l'Américain, fut une calamité publique : la ville du Soleil, consternée, crut que les maux qu'il avait prédits allaient fondre sur elle, et c'est alors qu'Aglaure, pour ménager les ressources de sa capitale, et la réduire à ses habitants, en écarta tous les étrangers par une loi de mort qu'il porta contre eux.

Idamas apprit avec douleur l'exil qu'Ormus s'était imposé; s'il admirait la résolution courageuse qu'il avait prise, il le plaignait d'avoir cru trop légèrement le genre humain abandonné de la Providence; et, craignant qu'il n'eût péri dans quelque lieu sauvage, malheureuse victime de son devouement, il s'informa des ressources que l'Amérique pouvait offrir, quelle était la fertilité de son sol, combien elle comptait d'habitants et de villes florissantes. Eupolis, à qui l'Amérique était connue, lui répondit :

D'un si grand nombre d'empires dont le nouveau monde fut couvert, il ne reste que celui du Brésil, qui commence aux confins du Mexique, embrasse le Pérou, la terre ferme et le pays des Amazones.

Le soleil de nos contrées n'a plus cette ardeur qui, dit-on, forma l'argent, l'or et les diamants. La zone torride refroidie jouit à peine de la chaleur qu'avaient les climats tempérés ; ce n'est plus cette terre neuve que le sauvage avait abandonnée aux soins de la nature. Les habitants de l'ancien monde, après avoir épuisé leur sol, inondèrent l'Amérique comme des torrents, abattirent des forêts que la création vit naître, défrichèrent jusqu'aux sommets des montagnes, et dévorèrent encore cette terre féconde. Alors ils descendirent sur les bords de l'Océan, où la pêche, cette dernière ressource de l'homme, leur promettait une nourriture facile. Depuis Mexico jusqu'au Paraguay, les rivages de la mer du Sud et de l'océan Atlantique sont peuplés de villes où les restes du genre humain sont rassemblés. La ville du Soleil est la capitale de cet empire maritime : bâtie à cent milles de Carthagène dont elle fut longtemps la rivale et qu'elle a détruite, son port fut longtemps le rendez-vous des nations : elle jouit encore de

tout son éclat ; vous y verrez des tableaux
exquis, des statues si parfaites qu'elles
semblent respirer ; tous les modèle des
machines les plus célèbres qui furent
inventées. Paris, Rome, Thèbes, Babylone
n'ont point surpassé la magnificence de
cette ville riche des débris des deux
mondes : elle hérite de l'univers.

Nous trouvâmes cette ville conforme
au tableau qu'en avait fait Eupolis, superbe, il est vrai, mais presque vide
d'habitants, solitude qui jetait la tristesse
et la terreur. On se disait à soi-même que
ces édifices si nombreux et si beaux
furent bâtis pour recevoir des hommes.
On les y cherchait en vain sans pouvoir se
consoler de la perte de son espérance.
Dans la plupart des palais dont cette ville
était ornée, on voyait encore des meubles
somptueux, des amas d'or et d'argent,
mais qu'on estimait moins qu'un arbre
chargé de fruits, ou qu'un médiocre ar-
pent couvert d'épis dorés.

Nous arrivâmes au palais d'Aglaure,
qui, prévenu que le peuple lui conduisait
des étrangers, nous attendait sur son trône

tout brillant de l'or et du feu des diamants. Idamas lui répéta les mêmes discours qu'il avait déjà tenus au peuple; mais il ajouta : Grand roi, dans le moment où, pour me croire, Eupolis et le peuple demandaient des prodiges, un grand bruit se fait entendre, les habitants des rivages voisins amènent dans vos murs des chars remplis d'animaux inconnus à vos climats, et qu'ils avaient tués. Le peuple aussitôt s'écrie que cette abondance est un présent du ciel qui nous protége, et se déclare en notre faveur. Vous-même, grand roi, nous osons le croire, vous en jugerez ainsi, mais si les doutes s'élevaient encore dans votre esprit, je les dissiperai, lorsqu'en votre présence et devant votre peuple, je nommerai l'épouse d'Omégare ; le Dieu qui m'envoie a promis de confirmer ce choix par un prodige éclatant.

Aglaure parut écouter Idamas avec plaisir. Ce prince clément et facile n'était devenu cruel, ombrageux, que depuis l'instant où la terre épuisée refusait de nourrir les hommes ; la crainte d'être

bientôt réduit à l'impuissance de satisfaire aux besoins de son peuple le
tourmentait sans cesse, il s'attendait à le
voir un jour enfoncer les portes de son
palais pour lui ravir les aliments dont
il se nourrissait. Aglaure embrasse avidement l'espérance que lui donnent les
Français, il révoque la loi de mort qu'il
porta contre les étrangers, il appelle dans
la ville du Soleil les jeunes filles de son
empire, et rend à mes compagnons tous
les services de l'hospitalité ; mais il ordonne qu'à l'instant je sois enfermé dans
la tour de la citadelle. C'est avec regret,
me dit-il, que j'use de cette rigueur
envers vous seul. Idamas promet de
faire connaître à des signes miraculeux
l'épouse que vous cherchez dans mon
empire.

Ce dernier prodige doit confirmer son
auguste mission et dissiper tous les
doutes ; si je vous conservais la liberté,
vous pourriez vous choisir parmi les
Américains une épouse que le ciel ne
vous aurait pas destinée, et peut-être
préparer avec elle les moyens de tromper

l'Amérique; je veux que rien n'obscur-
cisse le triomphe de vos compagnons; je
veux prévenir jusqu'aux soupçons de la
défiance. A ces mots il fait un signal,
ses gardes m'environnent, et me condui-
sent à la tour.

A la voix d'Aglaure et sous la conduite
de leurs parents, les jeunes Américaines
volent à la ville du Soleil portées sur des
vaisseaux aériens; il en vient des régions
les plus lointaines, des caps d'Orange et
de Saint-Augustin, des rivages du Mexique et du Pérou. Idamas qui, dans l'histoire des nations, avait approfondi leur
caractère, disait aussitôt l'origine de ces
étrangers; s'ils sortaient des Persans ou
des Chinois, des Arabes ou des Egyptiens,
des Espagnols ou des Romains; il avait
surtout, pour distinguer les descendants
des Français, un instinct toujours heureux;
il les reconnaissait à leurs grâces faciles,
à leur politesse vive et prévenante; il
aimait à les interroger, il voulait connaître
leurs noms, l'histoire de leur famille, et
les souvenirs qu'ils avaient conservés de
leur ancienne patrie.

Idamas a pour tous les étrangers les
soins vigilants d'un père ; il les place
dans les plus riches palais, et leur partage les présents de l'abondance qui s'accroît avec le nombre des habitants. Bien
loin d'être abattu par ses travaux, il y
puise au contraire la vigueur et la vie :
on dirait qu'il a trouvé l'art de se multiplier. On le voit dans tous les cercles ;
il prend part à tous les entretiens. La
plus douce mélodie est moins agréable à
ses oreilles que ce bruit d'une ville immense et peuplée. La joie éclate dans
ses yeux, dans ses discours. J'ai vu,
disait-il, le spectacle le plus cher à mon
cœur ; j'ai vu la parfaite image de la
grande société. Oh ! puisse cette réunion
de l'homme n'être pas la dernière du
genre humain ! Je ne crains plus la
mort, s'écriait-il dans un autre instant,
j'ai goûté les pures délices du bonheur.
O mes amis, prolongeons ces jours fortunés ; ne me quittez pas, ou craignez
que cette séparation ne soit éternelle.

C'est ainsi qu'Idamas, se livrant au
plaisir qu'il avait si vivement désiré, de

voir le tableau de l'homme réuni dans
une grande société, ne s'occupait plus de
l'objet de sa mission, et paraissait l'avoir
oublié. Cependant Eupolis attendait vainement qu'il proposât de nommer l'épouse
d'Omégare. La défiance s'était réveillée ;
il allait sommer les Français de tenir leur
promesse, et s'il pouvait les convaincre
d'imposture, les renvoyer dans leur patrie,
et demander la tête d'Idamas. D'un autre
côté, le génie terrestre que pressait le
grand intérêt de la terre, n'était pas moins
irrité contre les Français, lui qui craignait
que la perte d'un seul instant ne ruinât
ses desseins. Il n'accusait pas, il est vrai,
comme Eupolis, les intentions d'Idamas
qu'il connaissait.

Pour le rappeler à ses devoirs, il se
présente à lui dans un songe, sous la
forme de la flamme, tel qu'il m'était apparu. La colère éclatait dans ses yeux ;
sa voix était menaçante et terrible. Il
lui dit : A quelle sécurité tu t'abandonnes ! Quels vœux oses-tu former au
sein des plus affreux dangers ? J'ai fait,
pour votre nourriture, transporter dans

ces climats, sur les ailes des aquilons, et
par des moyens encore plus puissants,
tous les êtres vivants qui respirent sur
la terre. Je viens d'en épuiser les airs
et l'Océan. Les horreurs de la famine
sont prêtes à t'environner, et tu veux
prolonger ton séjour dans ces lieux ! et
tu veux y fixer un peuple dévorant ! Tu
connais, à l'orient de la ville du Soleil,
la plaine d'Azas, jadis si fameuse par ses
récoltes. Dans ce lieu qui peut contenir
un grand peuple, tu conduiras à ton
réveil les jeunes Américaines pour y
nommer l'épouse d'Omégare : obéis, ou
tu meurs, et je transmets à d'autres qu'à
toi le soin de mes intérêts. Le génie, en
prononçant ces mots, fait trembler la
terre, et réveille Idamas.

L'aurore commençait à dissiper les
ombres de la nuit, Idamas effrayé vole
chez Aglaure. Quelle fut sa surprise d'y
trouver les chefs du Brésil réunis dans
un conseil secret. Eupolis l'avait assem-
blé; il y représentait qu'en vain les ordres
d'Aglaure avaient pressé le rassemblement
des filles de l'empire; qu'il était achevé,

mais que les Français ne songeaienl point à remplir leurs promesses. C'était surtout contre Idamas qu'il éclatait en reproches. Hier, disait-il, je l'ai surpris formant le projet de s'établir dans cette ville avec les étrangers dont elle abonde ; il les flatte ; il a pour eux des préférences, il a trouvé l'art de s'en faire aimer. Idamas a le caractère de l'ambition. Ne voudrait-il pas se faire élever par eux à l'empire du Brésil? Il affecte déjà l'autorité souveraine ; c'est lui seul qui commande ici ; c'est à lui seul que le peuple s'adresse dans ses besoins. Si vous m'en croyez, il faut le saisir et l'interroger sur ses desseins.

Dans le moment où le conseil adoptait l'avis d'Eupolis, Idamas paraît dans l'assemblée. Comme l'astre du jour en s'élevant dissipe par la force de ses rayons une tempête que la nuit avait formée au sein des ténèbres, ainsi la présence d'Idamas apaise tous les esprits. Il annonce qu'il est prêt à nommer l'épouse d'Omégare, et veut qu'à l'instant les jeunes Américaines soient convoquées dans la plaine d'Azas. Cette demande est reçue avec transport : l'ordre en est publié soudain, et parvient à mes oreilles jusques dans la tour où j'étais enfermé.

Ne pensez pas qu'aux approches de ma délivrance et de l'hyménée qui devait combler mes vœux, je partageai la commune allégresse ; je goûtais dans ma prison des plaisirs si délicats, si nouveaux pour moi, que, craignant de les perdre, je reçus cette nouvelle avec la plus vive douleur. Mon bonheur commença le jour même où je perdis la liberté. Aussitôt que les ombres de la nuit eurent obscurci les murs de la tour, et que je me livrais aux sombres pensées que m'inspiraient les ténèbres et de funestes pressentiments sur ma destinée, les portes de ma prison s'ouvrirent. Je vis entrer une troupe de jeunes filles, les cheveux épars, à demi-nues, et dont plusieurs portaient des flambeaux allumés. Une femme les suivait ; elle avait une robe transparente argentée, comme le nuage léger qui commence à naître sous les regards du soleil. La brillante écharpe d'Iris formait sa ceinture; sa taille était haute et majestueuse; son teint avait l'éclat et la fraîcheur du lis qui s'ouvre aux pleurs de l'aurore. La piquante irrégularité de ses traits donnait à son visage je ne sais quel charme inexprimable; elle avait dans ses grâces toujours variées, de l'abandon et de la négligence; enfin, un grand caractère de noblesse et de franchise était empreint sur son front.

Tandis que je l'admirais en silence, elle me dit : Je suis la Nature.

A ces paroles, qui sans doute étaient un signal, entre un groupe de femmes charmantes, qui se rangent devant elle en demi-cercle. La Nature me fait asseoir à ses côtés, et me dit : Ces femmes que tu vois furent l'ornement de leur siècle. Pendant qu'elle parlait, les jeunes filles déroulaient une toile, et préparaient une palette et des pinceaux. Alors, la Nature considérant chaque femme qu'elle avait sous les yeux, choisit leurs traits les plus beaux, et commence un portrait. Voici, reprend-elle en me montrant une reine sous le costume des Grecs; voici cette fameuse Hélène, dont la beauté fut le fléau de sa patrie. Elle fixe sur la toile le contour de son visage, ses longs cheveux ondoyants, et ses yeux qui brûlèrent des flammes de l'amour le cœur de tant de rois. Elle prend de Cléopâtre la bouche vermeille et l'arc qui couronne ses paupières ; d'Aspasie, les grâces du sourire ; de Laïs, la finesse des mains et ses bras arrondis ; de Sémiramis, la majesté du port ; de Gabrielle d'Estrées, l'heureux mélange de la rose et des lis qui colore ses joues. Ainsi, de ces beautés éparses, la Nature en fait une seule qui ravit, enchante.

Elle me dit ensuite : Ce portrait que tu crois achevé, te semble réunir tous les attraits. Cependant il lui manque le plus aimable de mes dons, une grâce divine, que je préfère à la beauté même. A ces mots, elle fait approcher Eve, et répand sur la figure du tableau le timide embarras, la touchante pudeur de cette mère des hommes, lorsqu'Adam, surpris à son réveil de la voir à ses côtés, parcourait d'un œil avide les charmes de sa nouvelle épouse.

A ce nom d'Eve, le père des hommes interrompt brusquement Omégare, il s'é-crie : Quoi ! vous l'avez vue? Oui, répond-il, jeune et belle comme elle sortit des mains du Créateur. Cette réponse augmente le trouble du père des hommes. Il craint de le faire éclater ; il baisse promptement ses paupières, et cache sous ce voile ses yeux trop émus. Il retient sa respiration qui s'accélère ; il arrête avec ses mains ses genoux tremblants, vains efforts qui le trahissent, il ne peut soutenir la vio-lence de ce combat. La pâleur de la mort couvre son front ; il paraît comme immo-bile, sa bouche reste ouverte, sa tête s'incline, il tombe dans les bras d'Omégare et de Syderie effrayés, qui s'affligent de ne pouvoir lui donner de plus prompts secours.

Dans le moment où la crainte qu'il n'ex-pire au milieu d'eux les agite, ils aper-çoivent des larmes qui commencent à mouiller ses yeux ; elles redoublent, elles inondent son visage, et lui rendent le sen-timent et la vie.

Honteux de sa douleur, Adam se rap-

proche, en disant que les dernières paroles
d'Omégare viennent de réveiller dans son
cœur des souvenirs qui l'ont cruellement
affligé. Cependant il ne résiste pas au
désir de savoir si la mère des hommes
paraissait heureuse; il s'en informe avec
des regards inquiets et timides. Omégare
lui répond : Dans cette scène qui fut rapide comme l'éclair, je ne fis qu'entrevoir
chaque personnage ; enfin, la Nature me
montra le tableau qu'elle achevait, et
sourit en me disant : La beauté ne sera
parfaite que dans cette femme. Après
avoir prononcé ces mots, elle s'évanouit
et le cortége qui l'environnait.

Le jour suivant, la dixième heure de
la nuit était sonnée ; je veillais à la lueur
d'une lampe qui jetait une sombre lumière,
les douces vapeurs du sommeil commençaient à fermer mes yeux. J'entends à
mes côtés le frémissement d'une robe
légère qui me réveille. Quelle est ma
surprise ! je vois une jeune fille ressem-
blant à la figure que j'avais vu peindre
la veille, mais qui joignait le coloris de
la vie à tous les charmes du portrait.

Ebloui par tant d'attraits, je ne puis retenir les transports de mon admiration, que j'exprime par un geste et par un cri. Mais, soit que ce mouvement eût effrayé la belle inconnue, soit qu'elle eût le dessein de m'inspirer la réserve la plus sévère, elle disparaît. Je ne mé consolai pas de sa fuite précipitée; je m'accusai d'indiscrétion, et je promis bien, s'il m'était donné de la revoir, d'être en sa présence aussi respectueux que si j'étais dans un temple, aux pieds de la Divinité.

La même heure de la nuit la ramena dans ma prison. Fidèle à mes promesses, immobile et muet devant elle, je ne me permets que le seul plaisir de la contempler. Pour récompenser ma retenue, elle reste avec moi jusqu'au lever de l'aurore, revenant ainsi toutes les nuits consoler ma captivité. Moments délicieux qui furent trop rapides, et que je regretterai toujours. Je croyais n'avoir pas encore vécu. Je sens naître dans mon âme un nouveau principe de vie qui m'étonne. Il me semblait que la flamme circulait dans mes veines, et que chaque jour en augmentait l'ardeur. Si la jeune inconnue réunissait les attraits des plus belles femmes de l'univers, je crois aussi que tous les feux dont brûlèrent leurs amants avaient passé dans mon âme. La seule jouissance de sa vue m'enivrait de délices; je passais la journée à désirer son retour, et la nuit à craindre le moment de son départ.

Cependant, je n'étais pas le seul à qui des événements merveilleux arrivaient. Syderie, que Forestan, son père, avait conduite à la ville du Soleil, se trouvait dans une situation semblable à la mienne. Dès que l'aurore ouvrait les portes de l'orient jusqu'au moment où la nuit assise sur son char d'ébène, couvrait d'un crêpe les montagnes et les vallées, un jeune homme, visible pour la seule Syderie, suivait ses pas. Je ne craindrai pas de vous révéler en sa présence les secrets de son cœur. Elle aima cet inconnu. Ses yeux étaient sans cesse attachés sur lui, plaisir pur et solitaire, dont elle jouissait parmi ses compagnes, sans craindre la censure de leurs regards jaloux et curieux.

Toujours fidèle au rendez-vous, il n'y manqua que le jour même où le chef de l'empire avait appelé les jeunes Américaines dans la plaine d'Azas.

Cette nouvelle venait d'imprimer un grand mouvement à la ville du Soleil. Chacun publie que le terme de ses maux est arrivé. L'ami serre son ami contre son sein, et verse des pleurs de joie. On s'embrasse sans se reconnaître, l'allégresse est universelle. Les jeunes Américaines se hâtent d'orner leurs attraits. Elles parfument leurs cheveux, elles choisissent la plus belle de leurs robes de fête ; elles renferment dans une ceinture d'or leur taille légère. Leurs mères, pour les embellir, se dépouillent de leurs bijoux les plus précieux. Le feu des diamants étincelle sur leurs têtes, autour de leurs bras, sur la frange de leurs robes. Syderie est la seule qui, triste, inquiète, néglige le soin de sa parure, et fait des vœux pour être oubliée et perdue au milieu de ses compagnes.

Elles se rendent sans tarder à la plaine d'Azas. Depuis longtemps le ciel n'avait promis un plus beau jour. Aucun nuage

ne voilait la voûte des cieux, et jamais,
peut-être, spectacle n'avait été plus digne
des regards de la Nature. Aglaure est
assis sur un trône magnifique ; à ses côtés
et sur la même ligne, Idamas place les
jeunes Américaines. Les Français et les
chefs du Brésil occupent entre elles et
le peuple l'espace qui les sépare. Rien
de plus brillant que la variété de leurs
charmes, et de plus touchant que l'intérêt
qu'elles inspirent. Chacun les regarde
comme l'espérance du bonheur attendu
par l'Amérique.

Alors Idamas s'avance vers le peuple,
et lui tient ce discours : O peuple ! le voilà
donc arrivé ce jour à jamais mémorable
qui va décider si les Français sont des
imposteurs, des hommes crédules, ou les
sauveurs de l'Amérique ! Pour moi, plein
de confiance dans les promesses de Dieu,
je vous annonce qu'il va paraître et mar-
quer lui-même, par des signes certains,
quelle est parmi ces jeunes Américaines
l'épouse d'Omégare. Déjà je jouis par la
pensée des biens qui seront les fruits de
cet hyménée. Je vois une race nouvelle

7*

d'hommes peupler la terre. Le soleil reprend la première ardeur de ses feux, les neiges qui blanchissent le sommet de ces montagnes se précipitent comme des torrents dans vos plaines, des troupeaux nombreux, de riches moissons couvrent vos campagnes. La chaleur forme les diamants dans les entrailles du Brésil ; elle mûrit le raisin sur vos coteaux, la pomme d'or dans vos jardins ; toutes les espèces d'arbres précieux et les animaux utiles que les rigueurs du froid anéantirent, ressuscitent pour l'homme. Dieu renouvelle le prodige de la création.

Un silence profond régnait dans l'assemblée qui, sous l'apparence du calme, cachait des sentiments bien contraires. Tandis que Syderie, attristée, cherche des yeux le jeune homme qui la suivait tous les jours, et ne lui pardonne pas son absence, les jeunes Américaines désirent fixer le choix du ciel, et redoutent dans leurs compagnes une rivale plus heureuse. Les pères et les mères partagent les craintes et les désirs de la fille qui leur doit la naissance. Le peuple, toujours avide du merveilleux, est impatient de voir le prodige qu'Idamas avait annoncé. Les Français, incertains du succès de cette journée, affectent une sécurité qu'ils n'ont pas. Les chefs du Brésil les observent, et s'arment de défiance pour n'être point abusés des prestiges. Aglaure, qui craignait que la décadence de la terre n'entraînât la perte de son empire, fait des vœux ardents pour les Français. Enfin, Idamas invoquait secrètement le Dieu qui l'a choisi pour le ministre de ses desseins, et le conjure d'accomplir ses promesses.

Suivi des Français et des chefs du Brésil, il s'approche des jeunes Américaines ; il les observe avec soin ; il examine si le ciel ne venait pas d'imprimer sur leurs fronts un caractère divin. Trois fois il parcourt à pas lents la ligne entière, trois fois son espérance est trompée. Déjà les Français troublés voudraient s'anéantir. Les chefs du Brésil murmurent, l'impatience du peuple éclate. Eupolis dit hautement que l'erreur qui nous a soufferts a duré trop longtemps ; que d'abord son œil pénétrant nous avait bien jugés, et qu'il fallait à l'instant nous renvoyer dans notre patrie, châtiment le plus doux que méritait notre crédulité.

Idamas, retiré dans ses pensées, insensible aux outrages d'Eupolis, aux murmures du peuple, paraissait aussi tranquille qu'un solitaire qui médite sur les bords d'un fleuve à l'ombre des forêts. Il écoutait l'esprit de Dieu qui se communique à lui, l'inspire et l'éclaire ; il sort de sa profonde rêverie, un rayon de joie étincelle dans ses yeux ; il impose silence à la multitude, et parle ainsi : Qu'entends-je ? vous ordonnez le départ de vos libérateurs ! quel est le sujet de vos plaintes ? Dieu ne se hâte point à votre gré d'opérer des prodiges ! vous l'accusez de lenteur ! vous voulez donc lui choisir ses moments et le soumettre à vos ordres. Je vous pardonnerais votre impatience, si vous n'étiez pas tous chargés de ses bienfaits. Répondez, ô chefs du Brésil ! est-ce par vos soins que vous avez nourri ce peuple immense ? est-ce avec les fruits de cette terre usée et stérile que vous avez répandu l'abondance au milieu de vos murs ? Ingrats ! vous la devez à ce Dieu que vous outragez et qui pourrait vous punir en vous abandonnant. Apprenez que, prêt à parler, le ciel exige la présence d'Omégare; qu'il vienne, et si vous êtes abusés, disposez de ma vie, je vous l'abandonne.

Aglaure obéit aux vœux d'Idamas; il députe vers moi Palémos et plusieurs Américains. J'attendais avec crainte le moment qui m'allait donner une épouse. Palémos arrive à la hâte tout couvert de sueur, il m'annonce l'ordre d'Idamas. Je pars. Dès que je suis aperçu par le peuple, il jette des cris d'allégresse qui retentissent dans les montagnes et que les échos répètent. Bientôt je suis entouré de tous les Français; je lis dans les yeux d'Idamas la confiance et la joie. Il me serre dans ses bras, et me présente aux jeunes Américaines.

Ce n'est pas seulement par le choix élégant de leurs parures qu'elles formaient un spectacle enchanteur; elles avaient presque toutes de la beauté; leurs traits étaient réguliers; elles effaçaient par leur teint la blancheur de la neige, elles

avaient la taille haute et droite comme
de jeunes peupliers, mais il leur manquait
ce feu qui de l'âme se transmet aux yeux
et passionne la figure ; leurs regards
étaient mourants, leurs visages décolorés,
leur respiration paisible et lente. Sydérie
était la seule qui possédait la flamme des
passions ; elle ne pouvait la retenir cachée ; l'incarnat le plus vif colore ses
joues ; elle pousse des soupirs involon-
taires ; sa respiration est forte et rapide,
des éclairs jaillissent de ses longues paupières abaissées. Comparée à ses compagnes, elle semblait une créature céleste
et d'une nature différente. Si dans l'atelier
du sculpteur une jeune fille entre furtive-
ment à demi-nue, monte sur un piédestal
vacant, y reste immobile, les yeux baissés,
et veut que le spectateur la confonde avec
les statues qui l'entourent, l'erreur ne dure
pas un instant, la vie qu'elle possède et
qu'elle ne peut suspendre, éclate dans les
mouvements de son sein, sur ses lèvres
de corail, dans le souffle léger qui s'é-
chappe de sa bouche et la distingue
aussitôt des froides déesses que le ciseau

de l'artiste a formées. Telle était Syderie au milieu de ses compagnes.

Les jeunes Américaines laissent tomber sur moi des regards indifférents et distraits : à peine éprouvent-elles à ma vue cet intérêt qu'un étranger excite toujours ; mais aussitôt qu'Idamas m'eut arrêté devant Syderie, et qu'elle eut levé sur moi ses yeux que la timide pudeur tenait baissés, elle jette un cri, chancelle, et tombe évanouie. Et moi, je n'osais en croire le rapport de mes sens ! je me précipite à ses pieds, si transporté qu'il ne me reste aucun souvenir de cet instant. J'avais reconnu dans cette Américaine cette jeune fille dont la Nature avait dessiné le portrait, comme elle avait cru revoir en moi le jeune homme qui la suivait tous les jours.

Forestan vole au secours de sa fille ; le peuple rompt ses rangs, se précipite vers elle. Idamas triomphant assure que Syderie est l'épouse d'Omégare que nous cherchons. Avez-vous observé, dit-il, comme ces deux créatures n'ont pu se voir sans se reconnaître, sans être émues, sans s'élancer l'une vers l'autre? Oui, c'est elle, et je la nomme à la face du ciel et de la terre. A peine a-t-il dit, qu'un nouveau spectacle attire tous les regards. Nous apercevons dans les airs une couronne de pampre et d'épis de blé qui s'y balance quelque temps indéterminée, descend avec lenteur et se repose sur la tête de Syderie, au moment même où ses yeux s'ouvraient à la lumière. A la vue de ce prodige, mille cris élancés vers les cieux la proclament l'épouse d'Omégare. Aglaure et les chefs du Brésil applaudissent à ce transport; les Français sont au comble de la joie. Eupolis, honteux de ses outrages, embrasse Idamas. Les jeunes Américaines partagent l'allégresse commune; elles ont oublié qu'elles étaient les rivales de Syderie. Pour moi, les yeux fixés sur elle, je goûtais cette plénitude de bonheur qui fatigue l'âme par son excès. Je gardais le silence, occupé à ramasser mes forces pour supporter la surabondance de sentiments dont j'étais accablé et qui m'épuisaient.

Nous retournâmes à la ville du Soleil

au milieu des danses et des chants d'allégresse du peuple ; les airs retentissaient de ce cri souvent répété: *Vivent Omégare et Syderie!* Américains, Français, se pressaient autour de nous, et voulaient nous voir comme si nous leur étions inconnus. Cependant Idamas, plus calme, interrogeait Forestan pour savoir son origine et son nom. Je descends, lui répondit le père de Syderie, des Tupiques, les sauvages les plus anciens du globe, et qui sucèrent, avec le lait de leurs mères, l'horreur des peuples civilisés. Cette haine fut nourrie par une tragédie antique qu'ils regardaient comme sacrée; ils croyaient que la fin du monde serait prochaine lorsque les Tupiques auraient tous quitté la vie errante et sauvage. D'abord ils habitèrent les plus beaux climats de l'Asie, d'où les chassèrent diverses nations qui, s'avançant par degrés, les repoussèrent jusqu'à l'orient de la Sibérie; ciel rigoureux qu'ils préféraient à la perte de leur indépendance : ils étaient, sans le savoir, voisins d'une terre heureuse et fertile; un seul détroit les en séparait. O jour à

jamais mémorable où les Tupiques le
franchirent, où, maudissant les peuples
qui les avaient relégués sur une terre
ingrate, ils entrèrent dans une autre Asie
plus grande que l'ancienne, aussi fertile,
et surtout inconnue aux nations civilisées.
Les délices de l'Amérique furent fatales à
la plupart de ces tribus; elles s'amol-
lirent; ce furent elles qui jetèrent les
premiers fondements de l'empire du Mexique et du Pérou. Mes aïeux, indignés à la
vue des villes qu'elles élevaient, leur firent
des adieux éternels, et se fixèrent au Brésil.
Là, de nouveaux malheurs les attendaient.
Les Européens découvrent le nouveau
monde, s'emparent du Pérou, du Mexique,
et veulent encore nous disputer la terre
où nous foulions aux pieds l'argent et l'or
dont ils étaient avides. Leur tonnerre n'eut
pas le pouvoir de nous subjuguer : ils
restèrent longtemps sur les rivages que
nous leur avions abandonnés; mais les
perfides eurent un jour l'art d'endormir
notre défiance. Le fer et le feu dans les
mains, ils nous surprennent désarmés, et
font des Tupiqnes un carnage horrible.

Mes aïeux échappent presque seuls aux vainqueurs, ils se cachent dans les sombres forêts, dans des cavernes ignorées, sur des montagnes inaccessibles. Leur postérité continua ce genre de vie tant qu'il resta sur la terre des productions agrestes et des bêtes féroces à dévorer. Il fallut, pour renoncer à leur farouche indépendance, que la terre devînt stérile et que les forêts fussent abattues. Alors ils furent contraints de se rapprocher des rivages, des mers, où les hommes, trouvant une nourriture facile, s'étaient rassemblés. Chef des Tupiques, j'ai la gloire d'avoir quitté le dernier l'état primitif des humains, la vie sauvage. Je conserve encore, ajoutait-il avec fierté, le carquois et l'arc que portaient mes ancêtres, et la peau de lion dont ils furent couverts.

Je ne suis plus étonné, reprit Idamas, que votre famille soit la seule qui n'ait pas dégénéré de sa vigueur originelle. Vos pères respiraient l'air pur des montagnes et des forêts, la rigueur des saisons, les courses pénibles, les nourritures grossières les endurcissent ; ils vivaient surtout loin des villes corrompues ; enfin, ils furent plus longtemps que les autres hommes les enfants de la nature. Moins heureux que vous, nous recueillons en ce jour le triste fruit de la dépravation de nos pères qui nous donnèrent la vie après l'avoir épuisée.

Idamas, en disant ces mots, entrait sous les portes de la ville. Nous fûmes bien surpris d'y trouver rassemblés tous les vieillards qui n'avaient pu nous suivre : nos chants, nos cris d'allégresse étaient parvenus de la plaine d'Azas jusqu'à leurs oreilles. Impatients de savoir quel événement excitait ces clameurs, ils avaient quitté le seuil de leurs maisons, et s'étaient avancés, quoique à pas lents, jusqu'aux portes de la ville ; ils pleurent de joie au récit de nos succès ; ils veulent voir et toucher la couronne de pampre et d'épis de blé. Les uns disent qu'ils ne craignent plus la mort, puisqu'ils laissent leurs enfants heureux. D'autres envient le sort des jeunes gens qui reverront le doux printemps et la fertile automne. Tous lèvent les mains au ciel et lui rendent des actions de grâces. Enfin, Idamas ordonne les préparatifs de mon hyménée ; mais Aglaure veut qu'un ministre des autels le bénisse, et que ses prières attirent les bénédictions du ciel sur Omégare et Syderie.

# CHANT CINQUIÈME.

Alors Idamas se ressouvenant d'Ormus, désira que mon mariage fut béni par ce bienfaiteur des deux mondes. Les habitants de la ville du Soleil n'avaient point oublié ses adieux touchants, son génie et ses vertus. Ce prêtre, chéri du ciel, avait plusieurs fois dévoilé l'avenir aux hommes; il connaissait tous les oracles anciens ; s'il approuve cet hymen, nous croirons, disaient-ils, avoir obtenu le suffrage de Dieu même ; mais ils ignoraient s'il vivait encore, et quelle terre il habitait.

Aglaure fit demander aux étrangers, dont la ville était remplie, s'ils connaissaient la retraite qu'Ormus avait choisie. Forestan fut le seul qui nous apprit le sort de ce grand homme. Il dit qu'en conduisant Syderie à la ville du Soleil, il avait passé par les ruines de Carthagène ; qu'il avait vu, sur les rivages qui les baignent, un vieillard vénérable occupé de la pêche, qu'il n'avait pu lui parler ; mais qu'un homme, qu'il avait rencontré près de ces lieux, assurait que ce vieillard s'appelait Ormus.

Il ne se trompait pas. A peine Ormus avait-il quitté la ville du Soleil, bien loin de chercher des retraites agréables, telles que l'Amérique en offrait encore, il fixa son séjour aux ruines de Carthagène, lieu stérile et désert, que la cupidité des hommes ne viendrait pas lui disputer, qu'ils fuyaient depuis longtemps, et qui présentait un grand exemple de l'inconstance des choses humaines. Cette ancienne cité qui vit fonder les murs de la ville du Soleil, méprisa d'abord son pouvoir naissant ; ensuite, jalouse de ses accroissements, voulut l'empêcher de conquérir sur elle l'empire de l'Amérique, et lui fit plusieurs guerres sanglantes. Après avoir essuyé diverses fortunes, Carthagène fut prise d'assaut, livrée aux flammes ; elle n'offrait plus alors qu'un amas informe de débris. Là, plus que dans aucun lieu, la décadence de la terre était sensible ; on était effrayé de la nudité du sol, de sa triste solitude qu'aucun arbrisseau n'égayait ; où l'oreille n'entendait pas les chants et le cri des animaux, compagnons de l'homme, et qui peuplent son séjour.

Aglaure députa vers Ormus, Eupolis et des Péruviens. Après quelques jours de marche, ils arrivèrent aux ruines de Carthagène, où régnait un profond silence, comme dans une ville que la nuit et le sommeil ont assoupie. Ils les parcoururent plusieurs fois : ils appellent Ormus à grands cris ; enfin, ils l'aperçoivent assis sur les restes d'un amphithéâtre. A ses pieds, des colonnes brisées, des statues mutilées sont confusément éparses. A ses côtés et sur sa tête, sont amoncelés, les uns sur les autres, d'énormes débris de remparts, de temples, de palais qui forment des masses effrayantes, que l'œil ose à peine regarder. A ce spectacle, Eupolis dit aux Péruviens : je crois voir les débris d'un monde. Ensuite considé-

rant le paisible Ormus qui, malgré l'horreur de ces objets, puisait le bonheur
dans le seul témoignage de sa conscience,
il ajouta : Le sage heureux sur les ruines
de l'univers n'est plus une fable.

Ormus reconnaît Eupolis, vient à sa rencontre, l'embrasse et lui demande quelle
cause l'amène dans ces lieux inhabités.
Respectable Ormus, lui répond Eupolis, je
viens réjouir votre cœur en vous apprenant
la nouvelle d'une résolution qui va changer
la face du monde ; vos maux sont finis. Le
mariage ne sera plus stérile, la terre va
redevenir féconde, ainsi l'assurent des
Français que le ciel a conduits dans nos
climats. Un d'entre eux, issu du sang de
leurs rois, vient d'obtenir la main de Syderie,
qui, disent-ils, est la seule Américaine capable de reproduire l'espèce humaine. Aglaure
désire que vous bénissiez l'hymen qui doit
commencer ces jours fortunés. On n'attend
plus que votre présence ; daignez nous
suivre, et rendre à la ville du Soleil le
plus grand de ses citoyens.

A mesure qu'Eupolis avançait dans son
discours, le visage d'Ormus perdait sa

sérénité, des nuages s'élèvent sur son front et l'obscurcissent. Impatient de répondre, il semble retenir avec peine des paroles qui veulent s'échapper de son sein, enfin, il lève les yeux au ciel, et s'écrie en joignant ses mains avec force. Quelle espérance venez-vous m'apporter? Est-il possible de se laisser abuser par une erreur si grossière? Ouvrez donc les entrailles de la terre, gravissez les plus hautes montagnes, sondez les abîmes de l'Océan, interrogez en tous lieux la nature; elle vous répondra que la fin de l'homme est arrivée. En vain Eupolis et ses compagnons voulurent l'interrompre; Vous-mêmes, reprit-il, vous venez me confirmer cette terrible vérité. Les voilà donc arrivés, ces funestes étrangers prédits depuis longtemps; le voilà cet hymen qui sera le précurseur du jour de la destruction de la terre! Des oracles anciens annoncent que la fin du monde sera prochaine, lorsque le fils du dernier souverain des Français viendra sur ces bords épouser une jeune Américaine. Ainsi l'homme, en voulant changer les décrets de la destinée, aura toujours pris le soin de les accomplir. Ce n'est pas que je refuse de vous suivre; vous m'appelez à la jouissance de votre bonheur. Je partagerai vos périls ; je puis d'ailleurs me tromper. Les oracles dont je crains l'accomplissement regardent peut-être des temps plus éloignés. Cependant ne révélez mes frayeurs à personne : armez-vous de courage; pour moi, je pars, disposé comme si j'allais assister à la destruction de l'univers.

Ensuite, reprenant sa modération naturelle, et comme s'il eût oublié ses craintes, il regarda d'un œil tranquille les lieux qu'il abandonnait. Ici j'appris, dit-il, que le bonheur de l'homme ne dépend ni de la fortune, ni des lieux qu'il habite. Combien j'y passai d'heures agréables en méditant sur les merveilles de la nature ! Je la trouvais belle encore jusque dans sa vieillesse. Je voyais avec un plaisir toujours nouveau l'astre qui nous éclaire commencer et finir son cours. Je ne me lassais pas d'admirer ces étoiles diverses qui sont peut-être dans leur première jeunesse, tandis que nous périssons. Je me formais des tableaux charmants de la terre, lorsque mille espèces de fleurs ornaient son sein. Je pensais que nos pères jouissaient avec indifférence de ces biéns, et qu'ils en firent souvent un criminel usage. Je puisais dans ces réflexions la patience dont j'avais besoin, et mon âme s'élevant jusqu'à Dieu, lui rendait grâces de ses rigueurs. Enfin il ajouta, dès qu'il fut prêt à nous suivre : Avant que je quitte ces lieux, laissez-moi graver sur ces ruines que j'y vécus heureux ; mais non, reprit-il d'une voix attendrie, ce soin est inutile, personne n'y viendra lire ces caractères. O lieux que j'ai chéris, vous ne verrez plus le visage de l'homme ; vous n'entendrez plus sa voix ! En disant ces mots, il versa des pleurs et partit.

Cependant la ville du Soleil, impatiente, attendait tous les jours Ormus ; moi-même, suivi de Forestan et de Syderie, j'allais sur la route de Carthagène hâter par mes vœux son arrivée. Déjà le peuple murmurait de ces délais et soit qu'Idamas voulût l'apaiser, soit qu'il fût inspiré par le ciel, il conçut un dessein qui fit sur les esprits

une diversion puissante, et qu'il se hâta
d'exécuter ainsi :

Mes amis, dit-il aux Américains, le jour
qui doit unir Omégare et Sydérie sera pour
jamais conservé dans la mémoire des
hommes ; il ne faut pas seulement le
célébrer avec pompe ; commençons par
nous rendre le ciel propice, élevons un
autel qui serve de monument à cet auguste
hyménée, mais c'est dans la campagne,
c'est à la face du ciel même qu'il faut
l'invoquer ; faisons plus, invitons la nature
à ces noces, et pleins de confiance dans
les présages qui nous annoncent la renaissance du monde, osons confier à la terre
des semences nouvelles.

Il dit, et tous les instruments du labourage sont retirés des lieux où la rouille les
dévorait en silence. Appliqués sur la meule
qui tourne et qui crie, ils reprennent
l'éclat de l'acier. Ensuite Idamas, à la tête
d'un peuple nombreux, le conduit dans la
plaine d'Azas qui jouissait des regards du
soleil levant, y plonge lui-même le soc
brillant de la charrue, et trace le premier
sillon. A son exemple ceux qui l'ont suivi,

sans distinction d'âge, de sexe et de rang,
redeviennent laboureurs ainsi que nos premiers aïeux. Les uns coupent la terre avec
le tranchant de la bêche, la retournent et la
brisent ; les autres, armés d'une fourche
aiguë, étendent sur son sein le fertile
engrais, s'honorant de ces travaux, qui
furent, dit-on, méprisés dans les siècles
corrompus.

Dès qu'ils furent achevés, Idamas voulut
les consacrer à Dieu pour se le rendre
propice. Il avait remarqué dans un temple
voisin un autel où le plus grand peintre
d'entre les hommes avait représenté le
moment où la terre recevait de Dieu la
puissance d'être féconde. On y voyait
l'Eternel assis sur des nuages dorés, ordon-
nant à tous les êtres de croître et de multiplier. A cette parole une vapeur de feu
semblait jaillir du soleil, se répandre avec
la même profusion que la lumière, et
presser de toutes parts le globe terrestre.
Les forêts pour la recevoir, étendaient leurs
rameaux, la terre ouvrait tous ses pores,
l'Océan soulevait ses flots et les retenait
suspendus ; la nature entière la respirait

avec volupté comme la rosée de la vie. Déjà la verdure s'animait, déjà les nuances les plus belles de l'albâtre, de la pourpre et de l'azur des cieux se dessinaient sur les fleurs. Déjà l'aigle superbe et le lion féroce avaient perdu leur morne tranquillité ; ils paraissaient émus, et dans tous les yeux des animaux, brillaient les feux étincelants du désir.

Cet autel qui représentait avec des couleurs vives le prodige que nous attendions, parut convenir à la fête qui se préparait. Bientôt il fut transporté du temple dans la plaine d'Azas, et nous allions, sous les yeux de cet autel protecteur, y jeter les semences les plus nécessaires au soutien des jours de l'homme. De jeunes Américaines les portaient dans des corbeilles d'or enrichies de rubis et d'émeraudes. Tout à coup un habitant de la ville du Soleil aperçoit et nous montre Ormus et les députés qui s'avançaient à grands pas. Aussitôt nous laissons sur la terre tous les instruments du labourage, et nous courons au devant d'Ormus. Le doux bruit de la joie et des paroles nombreuses des cœurs qui

s'épanchent, animait notre marche ; mais
à mesure que nous approchions d'Ormus,
ce murmure diminue, nos pas se ralen-
tissent, et lorsque ce grand homme arrive
au milieu de nous, le silence était général.
A l'aspect de ce vieillard auguste, la gloire
des deux mondes, qui deux fois avait parcouru l'espace de la vie, chacun se le
représentait environné des honneurs qu'il
avait reçus aux îles Fortunées, ou bien
concevant le sublime projet de conquérir
les terres de l'Océan ; nous étions malgré
nous immobiles de respect et d'admiration.

Aussitôt qu'il eut appris que nous allions
ensemencer la plaine d'Azas : Arrêtez, dit-
il, implorons avant tout la protection du
ciel ; laissez-moi demander à Dieu qu'il
bénisse par mes mains ces semences, votre
unique espoir. Il fait avancer autour de
lui les jeunes Américaines qui les portaient;
il se prosterne le visage contre terre, y
reste quelque temps en silence ; ensuite il
monte sur les degrés de l'autel. Que dans
ce moment, il nous parut grand et majestueux ! Tel qu'un ange descendu sur la
terre, jamais, disait-on, aucun homme

n'avait représenté l'Eternel avec des traits plus augustes. Quel feu dans ses regards ! que d'éloquence dans ses discours ! quelle dignité sur son front ! O créateur puissant de l'univers ! dit Ormus, en élevant les mains vers le ciel, souviens-toi de la parole que tu prononças au commencement de toute chose, lorsque tu dis à la terre : Croissez et multipliez ; elle a cessé de t'obéir. Viens du haut des cieux lui répéter cet ordre souverain, et qu'elle entende la voix de son maître. Si tu daignes exaucer nos vœux, nous jurons ici d'être fidèles à tes saints commandements, de faire servir tes bienfaits à ta gloire, et d'en garder un souvenir éternel. Tu nous verras chaque année dans ce même champ et sur cet autel, t'offrir les prémices de nos moissons, nous graverons sur le marbre et l'airain l'histoire de nos malheurs et de tes bontés ; nous la publierons dans mille cantiques qui seront chantés par l'univers entier, et tu seras plus honoré, mieux servi, pour avoir régénéré le monde que pour l'avoir créé.

Après cette courte prière, il étend

ses mains sur les différentes semences.
Que le ciel, reprit-il, vous rende la
vigueur que vous avez perdue. Puissiez-
vous bientôt germer, vous élever en
tiges superbes, et réjouir nos yeux par
l'agréable spectacle de vos fruits. Et
toi, terre, à qui l'homme a con é sa
dernière espérance, reçois ce dépôt précieux. Ainsi qu'une mère expirante qui
remet entre les mains de sa fidèle amie
son fils unique malade au berceau, et
ne peut se défendre d'être alarmée,
nous éprouvons comme elle les mêmes
inquiétudes; préserve ces semences de
toutes les atteintes funestes, et échauffe-
les dans ton sein maternel, et qu'elles y
puisent la nourriture et la vie. Il dit,
et lui-même les jette sur les sillons ouverts. Sa confiance religieuse, ses discours
éloquents avaient élevé nos âmes. Il nous
semblait que la divinité ne pouvait
refuser cette grâce à la ferveur d'une
si sainte prière, et nous rentrâmes dans
la ville du Soleil, avec l'espérance et
l'allégresse des premiers laboureurs.

Plusieurs jours furent consacrés aux

soins de célébrer avec pompe un hymen dont la terre attendait son bonheur. Pendant ce temps Idamas ne quitta point Ormus, il ne cessa de l'interroger sur les arts, sur les sciences, sur les phé-nomènes les plus secrets de la nature. Ormus, heureux de trouver dans Idamas un savant digne d'être l'héritier des connaissances humaines, se hâta de l'instruire. Il lui transmit toutes les dé-couvertes que les hommes avaient faites, et lui légua ses projets et ses pensées, comme s'il eût prévu qu'il touchait au dernier terme de sa vie.

Enfin, le jour marqué pour mon hymen, et que j'attendais avec impatience, arriva. Ce fut dans la plaine d'Azas, à l'autel même où les semences furent bénites par Ormus, qu'il devait être célébré. On vit briller dans cette fête les richesses que depuis tant de siècles les hommes avaient amassées. L'or et les diamants dont la nature fut prodigue dans ces climats, éclataient sur tous les vêtements. De jeunes Américaines chantaient sur les plus beaux airs que la musique eût

inventés, des hymnes dont la douce
mélodie ravissait l'âme et les sens. Je
marchais à côté de Syderie, qui va
blâmer, peut-être, l'indiscrétion de mes
éloges, mais je ne puis m'empêcher de
vous le dire, elle effaça par sa beauté
tant de magnificence. Cependant une
simple robe de lin, plus blanche que les
lis des campagnes, faisait toute sa parure,
et ses cheveux blonds flottaient abandonnés sur ses épaules. Malgré cette
négligence, tous les regards ne se las-
saient pas de l'admirer, et mes yeux ne
pouvaient plus la quitter. J'étais le plus
heureux des mortels. Idamas partageait
mon ivresse. La joie, la confiance étaient
épanouies sur son front. Ormus lui-même
présentait l'image du calme, soit qu'il
eût appris d'Eupolis sous quels auspices
j'avais entrepris le voyage de l'Amérique,
soit que, supérieure à tous les événements,
sa grande âme les attendît paisiblement.

Mais il n'en était pas ainsi d'Eupolis
et des Péruviens qui furent envoyés à
Carthagène. Depuis qu'ils connaissaient
l'oracle que craignait Ormus, ils n'avaient

cessé d'être tourmentés. A peine de retour dans la ville du Soleil, ils avaient délibéré s'ils ne devaient pas révéler la funeste prédiction qu'on leur avait confiée. Devons-nous, disait Eupolis aux Péruviens, exposer la terre et les restes du genre humain à l'effroyable danger qu'ils vont courir? Ah! si dans le moment où s'allumeront les flambeaux de cet hymen, nous allions entendre sonner la trompette du dernier jour, nous allions voir ce soleil qui nous éclaire se dissoudre, enflammer les astres, le firmament et la terre s'écrouler dans le vide de l'espace! O mes amis! quel reproche nous ferions-nous d'avoir gardé cet affreux secret! Ce n'est pas que je craigne la mort, je l'ai souvent bravée pour le salut de cet empire; mais j'avoue ma faiblesse, je crains le spectacle de la terre qui s'entr'ouvre, des éléments qui se confondent, de l'incendie des cieux; je crains de ne mourir qu'après avoir vu ces scènes horribles. Je frémis seulement d'y penser, ma raison se trouble, je ne me reconnais plus.

L'avis d'Eupolis flattait les Péruviens,
qui l'eussent adopté sans le respect qu'ils
portaient à la personne d'Ormus; ils
crurent qu'ils pouvaient affronter un
danger que ce vénérable vieillard ne
redoutait point, et dirent qu'ils aimaient
encore mieux s'exposer à tous les périls
que de violer une parole donnée par ce
grand homme. Retenu par la fermeté de
ses collègues, Eupolis renfermait dans
lui-même ce grand secret; mais il ne
put se défendre de le confier au roi,
qui, l'ayant appris, n'assista point à mon
hyménée; il donna des ordres pour le
suspendre, si le ciel se déclarait contre
moi par le moindre signe funeste.

Cependant, plus nous avancions dans la
plaine d'Azas, plus la terreur d'Eupolis
et des Péruviens augmentait. Ils jetaient
sans cesse des regards inquiets sur l'horizon et les astres. Au plus léger frémissement des airs, au moindre nuage grossi
par de noires vapeurs, ils étaient consternés. Eupolis surtout, dont l'âme était
plus ardente, ne pouvait plus cacher ses
inquiétudes, il allait, malgré la défense

d'Ormus, révéler la terrible prédiction, et s'opposer à mon hymen, s'il n'eût conçu dans ce moment même un dessein qui lui fut sans doute inspiré par une puissance céleste qui m'était favorable. Il nous quitte, il s'avance dans les champs que nous avions ensemencés, et, de la pointe de son épée, il découvre le sein de la terre. Non, jamais je ne pourrai vous peindre la scène dont nos yeux furent témoins ! Eupolis aperçoit des gerbes naissantes. A cette vue, saisi, hors de lui-même, il s'écrie : Mes chers compagnons, nos vœux sont exaucés, la nature revit pour nous. Aussitôt, nous rompons nos rangs en tumulte : chacun veut voir le prodige et ne s'en fier qu'à ses yeux ; les semences avaient germé. Des cris de joie retentissent de toutes parts ; c'était un délire que rien ne pouvait calmer. Idamas, le visage élevé vers le ciel, le regardait avec l'expression de la plus vive reconnaissance. Des larmes coulaient sur ses joues ; il serre dans ses bras Eupolis, qui le premier avait aperçu ces bienfaits de la nature ; il veut que nous les portions en triomphe. O moments toujours chers à mon souvenir ! je n'étais pas heureux de ma joie, je l'étais encore de l'allégresse commune. J'éprouvais des sentiments si vifs, si profonds, qu'ils étouffaient ceux de l'amour même. J'avais presque oublié Syderie. O combien devait être douce la société d'un grand peuple qui, sous le même ciel, jouissait des mêmes plaisirs ! Le seul Ormus vit ces transports avec indifférence ; il savait sans doute que ces premiers succès n'auraient pas des suites plus heureuses.

Ce phénomène dissipa la frayeur d'Eupolis et des Péruviens. Tout semblait favoriser mon hymen, et sitôt que nous fûmes rassemblés autour de l'autel, tel fut le discours que le sage Ormus nous adressa :

Je n'ai pu voir sans douleur l'allégresse que vous avez fait éclater. Rien n'est plus funeste que le désespoir qui succède à l'excès de la joie. Je crains bien que vous ne soyez abusés par des apparences trompeuses. Des flammes légères qui voltigent sur les restes d'un

bûcher réduit en cendres, s'évanouissent.
Ces germes auront peut-être la même
destinée. Eh! qui peut vous assurer que
vous ne les devez pas aux derniers efforts
de la nature expirante!

Après nous avoir inspiré, par ces paroles, une salutaire défiance sur le sort
de cette journée : Grand Dieu, continua-
t-il, s'il est vrai que tu bénisses nos
travaux, si ce prodige était parti de ta
main toute-puissante, daigne écouter mon
humble prière. Permets que je vive assez
pour voir l'aurore de ces beaux jours,
et pour embrasser l'héritier du genre
humain. Mais si tu réprouves nos desseins, viens t'opposer à leur accomplissement. Manifeste ta volonté par un signe
éclatant : je dévoue aux esprits infernaux
le premier qui refusera d'obéir à tes
lois.

A ces mots, se tournant vers l'orient,
il promène ses regards sur le vaste horizon. Tout était paisible ; il semblait que
la nature même, présente à cet hyménée,
et désirant qu'il s'achevât, s'efforçait
d'offrir une surface riante. Rassuré par

tant de signes favorables, il s'approcha de
Syderie : Soyez, lui dit–il, l'Eve heureuse
de ce nouvel Adam ; je vous unis pour
toujours. Cieux, applaudissez à cet hyménée ; terre, redeviens féconde pour ces
jeunes époux , et puisses – tu recevoir
bientôt leurs nombreux enfants sur ton
sein paré de fleurs et de fruits. Alors ,
cher Omégare , conservez avec soin les
sacrés monuments de la science et du
génie ; ils sont les fruits d'un travail immense. Législateur du monde, donnez-lui
les meilleures lois. Souvenez–vous que des
instructions cruelles firent longtemps le
malheur des peuples avant d'être anéanties.
Epargnez à votre postérité le retour de
ces barbares expériences ; que la sagesse
ne coûte plus le bonheur et le sang
d'un nombre infini d'humains. Voilà les
vœux que je forme pour vous et vos
descendants.

Ces paroles d'Ormus avaient échauffé
mon courage ; je jurais dans mon cœur
de remplir les saints devoirs que m'imposait une si haute destinée. Oui, j'eusse
avec soin recueilli les sublimes leçons de

l'histoire et de l'expérience des siècles. Pourquoi de si nobles desseins devaient-ils périr ? Hélas ! je touchais au moment des plus terribles catastrophes, et dont le souvenir me trouble encore.

Tandis qu'Ormus levait ses mains au ciel pour lui rendre des actions de grâces, il s'arrête tout à coup. Un objet, visible pour lui seul, paraît fixer son attention ; il semble écouter comme une voix qui lui parle, et dont je n'entendais que le murmure. Cependant des soupirs s'échappent du sein d'Ormus, une affreuse pâleur couvre son front ; à peine peut-il prononcer quelques mots entrecoupés. O ciel ! dit-il, ô rigueur !.... la mort !.... elle est un bien pour moi. C'est ainsi qu'il répondait à l'ange chargé des ordres de la Divinité ; bientôt ils nous sont révélés. Européens, nous dit Ormus, vous vous êtes trompés : le ciel réprouve cet hymen, et je le détruis autant qu'il est en mon pouvoir. Qu'on éloigne Omégare de Syderie. Malheur à lui s'il osait se prévaloir de ses droits sur son épouse ; oui, me dit-il en m'adressant la parole, vous seriez le père d'une race funeste ; vos enfants, armés par la faim cruelle, se feraient la guerre pour se dévorer, et ne connaîtraient d'autre Dieu que la nécessité qui commande tous les forfaits. Qu'on éloigne Omégare de Syderie, reprend-il avec une voix encore plus forte. C'est l'ordre du ciel même, et si vous en doutez, croyez à cette prédiction qui va s'accomplir sur l'heure et sous vos yeux. Je vais mourir. A peine a-t-il prononcé ces mots, qu'il chancelle et tombe sur les marches de l'autel.

Il n'avait pas rendu les derniers soupirs, qu'un autre spectacle, non moins affreux, accrut la terreur dont nous étions saisis. Personne n'avait désiré la renaissance du monde avec plus d'ardeur qu'Idamas. Dans ce dessein il avait quitté sa patrie ; il m'avait conduit au Brésil, il eût fait le tour du monde ; il s'était flatté que bientôt la terre serait couverte d'empires florissants. L'image de cette révolution était sans cesse présente à son esprit ; il l'avait pour ainsi dire réalisée par la force d'une imagination vive et pleine de feu ; il me parlait des races futures comme s'il les eût vues, et jetait déjà les fondements de leur bonheur. Sa grande âme aimait le genre humain, les beaux arts, les sciences, tout ce qui peut unir les hommes et les rendre plus heureux. De quel coup il fut frappé, lorsqu'après avoir entendu la prédiction d'Ormus, il vit ses espérances détruites, et qu'il fut obligé de rentrer dans le sombre avenir dont il se croyait sorti! Il ne put supporter ce revers affreux ; une fièvre ardente s'allume dans ses veines, elle égare sa raison. Je vole à son secours, je le presse dans mes bras, je lui parle, et sans me voir et sans m'entendre, il m'appelle à grands cris : il demande Ormus et Syderie. Dans son délire, il croit voir tous les objets que son cœur avait souhaités. Que l'on me conduise, me dit-il, à l'ombre de ces berceaux touffus ; j'y goûterai sur la verdure la paix du sommeil.... Qu'entends-je?... Quel est ce bruit qui retentit dans les airs. Les enclumes gémissent sous les coups redoublés du marteau. O moment que j'ai désiré ! les arts sont ressuscités dans les villes!...

Voyez-vous ces épis que le ciel a dorés ?
Heureux laboureurs, hâtez-vous, le moment de la moisson est arrivé. Quels doux
parfums ces fleurs exhalent dans les airs !
Laissez-moi rafraîchir mes lèvres brûlantes avec les fruits de ce verger. Omégare, tu m'abandonnes ! Où sont tes enfants ?
Approche-les de moi. Je voudrais les embrasser encore. Tels furent les discours
qu'il ne cessa de répéter jusqu'au moment
où, vaincu par l'excès du mal, il perdit
la connaissance et la vie.

Ce fut alors qu'Eupolis, effrayé par cette
mort nouvelle, crut qu'il était nécessaire
de révéler la première prédiction d'Ormus.
En voilà peut-être, dit-il, les terribles
préludes. Si vous m'en croyez, hâtez-
vous d'apaiser le ciel. Il réprouve cet
hymen ; il faut, pour jamais, en détruire
les nœuds ; que ces Européens soient renvoyés dans leur pays. Séparons, par les
mers, Omégare de Syderie. Si vous re-
fusez de suivre ce conseil que Dieu
m'inspire, qui sait si cette nuit ne sera pas
la dernière de la terre ? Pour moi, je
m'étonne de vivre encore. Les Américains

étaient effrayés ; ils applaudissent au conseil d'Eupolis et demandent qu'au lever de l'aurore je quitte leurs climats, ou que je sois immolé par le fer des lois. Les barbares ne voyaient plus en moi qu'un ennemi du bonheur public. Ainsi finit ce jour que j'avais vu commencer sous les auspices les plus favorables, et qui fut le plus malheureux de ma vie.

# CHANT SIXIÈME.

Omégare allait poursuivre son histoire, lorsqu'il voit dans les regards de Syderie de l'inquiétude et du trouble. Il avait à raconter leurs faiblesses mutuelles en présence d'un étranger dont elle craignait la censure. Déjà la honte couvrait son front d'une rougeur modeste. Touché de sa peine, son époux lui dit avec douceur : Chère Syderie, voici l'heure qui vous appelle aux soins domestiques. Préparez un festin à l'hôte qui daigne nous visiter : j'irai bientôt partager ces soins. A ces mots, qui rendent le calme à Syderie, elle se lève et salue, avec un visage serein, le père des hommes.

Cependant son départ jette, dans le cœur de son époux, une tristesse secrète.

Agité par de funestes pressentiments, il
la suit des yeux comme s'il croyait la
voir pour la dernière fois. Aussitôt qu'elle
est disparue, son trouble augmente : il
se repent de ne l'avoir pas rappelée; il
lui semble qu'il vient de la perdre pour
jamais. Ses regards restent longtemps
attachés sur le chemin qu'elle a quitté,
pour l'y chercher encore; enfin, il se
calme, et continue le récit de ses malheurs.

Accablé par ces coups du sort, insensible à force de souffrir, tel qu'un homme
stupide, je rentrai dans la ville du Soleil
sans avoir vu ni la route que j'avais
suivie, ni la main qui m'avait conduit. Ce
moment fut pour moi comme un rêve
affreux, dont il ne me reste que le souvenir d'une longue souffrance.

En sortant de cette espèce d'anéantissement, la première parole que je
prononçai, ce fut le nom de Syderie. Je
la demandai; mes compagnons interdits
n'osaient me répondre : j'insistai. Je ne
veux, leur dis-je, que mêler mes larmes
à ses pleurs, et m'assurer par mes yeux

si nos malheurs ne l'ont pas désespérée. C'est la seule grâce que j'implorais et qui me fut cruellement refusée. Palémos m'apprit que les Américains, par l'ordre d'Aglaure, avaient renfermé mon épouse loin de moi dans la forteresse de la ville, sous la garde d'Eupolis. A cette nouvelle, je crus qu'elle m'était ravie une seconde fois. Le désespoir s'empara de mon âme, et ce fut lui seul que je consultai. La nuit descendue sur la terre la couvrait d'épaisses ténèbres ; mes compagnons, à la lueur des flambeaux, hâtaient sous mes yeux les apprêts de mon départ. J'examinais leurs mouvements avec une fureur concentrée. Irrité de leur vitesse, je leur dis : Pourquoi précipiter ainsi votre fuite ? vous n'avez rien à craindre dans ces lieux : si vous prenez ce soin pour me soustraire à la mort, vos peines sont inutiles. Je le jure devant vous, je ne quitterai point les lieux où respire Syderie ; oui, j'y veux rester, et je vais me livrer à la fureur des Américains.

Consternés de mon dessein, mes compagnons s'empressèrent de le combattre,

ils voulurent me consoler, et sans rien
entendre, j'osai les insulter. Qui donc
êtes-vous, leur dis-je avec amertume,
pour m'offrir des consolations? Personne
ne conspire contre vos jours. Vous retournez dans votre patrie, l'unique objet
de votre amour. Tout vous rit. Appartient-
il à ceux qui respirent la fraîcheur à
l'ombre des forêts de consoler un malheureux étendu sur des brasiers ardents?
eh! comment pourriez-vous adoucir mes
maux, vous qui ne les avez jamais éprouvés? le ciel ne vous a-t-il pas ôté le
pouvoir de les sentir? O Syderie, vous
êtes dans l'univers la seule qui pouvez
m'entendre, la seule dont le cœur sensible
saurait parler au mien, et l'on me sépare
de vous! et l'on ne veut pas seulement
que vous receviez mes derniers adieux!
O ciel! ajoutai-je, pourquoi n'est-il pas
en ma puissance de réaliser les craintes
du cruel Eupolis? que ne puis-je voir
l'Océan s'élancer de son lit, les montagnes
s'écrouler dans ses ondes en fureur, la
terre s'ouvrir et se disperser dans l'é-
tendue? Que ne puis-je entendre retentir

dans les airs la trompette du dernier jour? Jamais je n'ai vu des ténèbres plus profondes. Oh! si c'était la nature attristée et couverte des ombres de la mort!

Tandis que j'exhalais ainsi ma fureur, arrive un homme pâle, tremblant, défiguré, je reconnais le père de Syderie: Européens, nous dit-il avec le son d'une voix effrayée, quittez promptement ces climats barbares où votre mort est jurée; partez avec ma fille, vous lui devez la vie. Oui, lui dis-je en l'embrassant, qu'elle nous suive, c'est elle qui nous a sauvés. Je parlais comme un insensé; mais il avait flatté tous les désirs de mon cœur. Palémos lui demande les détails de ce complot odieux. Après vous avoir quittés, lui répond-il, Eupolis, sans perdre un instant, nous a rassemblés dans un temple voisin de cette ville, et nous a tenu ce discours:

Américains, vous venez d'entendre les prédictions d'Ormus; toutes funestes qu'elles sont, vous êtes menacés d'un danger plus terrible. L'hymen d'Omégare, s'il s'achève un jour, terminera peut-être vos destins et celui de la terre : c'est le secret que m'a confié le grand Ormus, et que l'intérêt du genre humain m'oblige à publier. Ainsi le sort du monde repose aujourd'hui dans les mains d'un seul homme. Depuis que l'astre du jour éclaire l'univers, jamais mortel n'a joui d'un pouvoir si dangereux. Croyez-vous qu'il suffise de mettre entre Omégare et son épouse les barrières de l'Océan ? Il brûle pour elle de tous les feux de l'amour. Ni l'ordre absolu d'Ormus qui parlait au nom du ciel, ni la crainte des malheurs épouvantables dont il l'a menacé, ni le spectacle de ce ministre de Dieu, qui tombe et meurt à nos pieds après l'avoir prédit, rien n'a pu lui faire quitter la main de Syderie. Forcés d'employer contre lui la violence pour le séparer d'elle, avez-vous observé comme à l'instant son visage s'est couvert d'une pâleur mortelle : ses genoux tremblants ne pouvaient plus le soutenir ; il nous a présenté dans chacun de ses traits l'affreuse image du désespoir. Un amour si violent est capable de tout entreprendre. Ce jeune audacieux reviendra des bouts de l'univers, dans le moment où vous serez endormis dans le sein de la confiance, réclamer sur une épouse facile des droits qu'il n'a point cédés, et vous enveloppera, vous, vos enfants, et la terre dans une ruine commune. Vivrons-nous avec cette frayeur continuelle ? le ciel le livre entre nos mains. Assurons, par sa mort, le repos de cet empire et celui de l'univers entier. Prévenons demain le lever de l'aurore ; j'irai demander la tête d'Omégare à ses compagnons, et s'ils la refusent, tirons le glaive contre eux, et qu'ils soient exterminés.

On applaudit à ce conseil. Moi-même, je l'avoue, cher Omégare, j'ai cru votre perte nécessaire. Pardonnez-moi cette cruauté que mon cœur déteste ; j'ignorais, hélas ! qu'on préparait à ma fille la même destinée. J'allais loin d'elle, sous mon toit solitaire, goûter la paix du sommeil. Un homme que je n'ai jamais vu, dont le port était majestueux, et qui semblait cacher un Dieu sous la figure d'un mortel, m'arrête en me disant : Père malheureux,

aimes-tu ta fille? Ciel, lui dis-je, si ma
fille m'est chère! je donnerais mon sang
pour elle. Demain, répond-il en soupirant,
elle verra le séjour des morts. Les Américains doivent au lever de l'aurore livrer
un combat. S'ils sont vaincus, ou si
l'Européen leur échappe, c'est ta fille
qu'ils immoleront. Ils pensent qu'il suffit
au salut de la terre que ton gendre ou
son épouse périsse. Voilà ce qu'Eupolis
vient de résoudre dans un conseil secret,
avec les chefs du Brésil. Je protége Omégare. Dût l'Amérique entière s'armer
contre lui, je le sauverai. Pour toi,
puisque tu crains pour les jours de ta
fille, il te reste un moyen de la soustraire
à la mort. Qu'elle parte avec son époux.
La nuit, dont j'ai redoublé les ténèbres,
cachera leur fuite dans son ombre; mais
hâte-toi, les moments sont précieux.
Venez donc, cher Omégare, reprend Forestan, je vais vous remettre votre épouse;
que je la perde et qu'elle vive, c'est le
dernier vœu d'un père infortuné.

J'allais le suivre, mais Palémos nous
arrête. Sensible à vos peines, dit-il au

père de Syderie, non-seulement je blâme la cruelle prudence d'Eupolis ; mais j'aimerais mieux périr que d'acheter le repos du monde par la mort d'un seul de mes semblables. Cependant je l'avoue, la défense d'Ormus, ses prédictions menaçantes, sa mort funeste toujours présente à mes yeux, la mort d'Idarhas, notre chef, m'ont frappé d'une terreur dont mes sens sont encore troublés. Est-ce aux faibles humains de braver la colère du ciel, et d'attirer sur leurs têtes des malheurs capables d'épouvanter les plus fiers courages !

Vous n'avez rien à craindre, répond Forestan. Ecoutez par quelles paroles l'étranger a lui-même dissipé mes frayeurs. Ormus, m'a-t-il dit, avait atteint deux fois le terme des jours des mortels. Cette extrême vieillesse affaiblissait sa raison. Il était devenu craintif, superstitieux ; en un mot, ce n'était plus que les restes d'un grand homme abandonné de son génie. Examinez ses prédictions. Il prétend qu'Omégare sera le père d'une race funeste, et que la terre doit périr le jour de son hymen. Un de ces deux oracles est menteur, et celui qui s'en est servi est indigne de votre confiance. Il a prononcé ces mots avec tant de mépris qu'il m'a fait rougir de ma crédulité. Cet étranger m'a conduit à la forteresse, où ma fille est enfermée. Je n'ose vous raconter par quels prodiges il a fait éclater sa puissance. Vous accuseriez ma bouche d'imposture ; mais venez vous-mêmes les voir, et vous ne craindrez plus les menaces et les prédictions d'Ormus.

Forestan guide nos pas à travers les ténèbres jusqu'au pied de la forteresse. Quelle fut notre surprise d'en trouver les portes ouvertes et les gardes endormis. L'étranger, dit Forestan, a fait tous ces prodiges. Nous traversons l'appartement d'Eupolis. Le sommeil l'avait surpris debout, et le tenait immobile. Je frémis en le voyant. A son air féroce, aux armes dont il était environné, je jugeai qu'avant de s'endormir, il avait formé des projets barbares ; mais ce qui me fit horreur, ce fut un verre rempli du poison qu'il destinait à Syderie. J'allais trancher ses jours,

si je n'eusse pensé qu'il n'était pas généreux d'immoler un ennemi sans défense.
Enfin, nous rentrons dans la prison de
Syderie; son père eut à peine le temps de
lui faire ses tristes adieux. Il l'embrasse,
il baigne son visage de ses pleurs, il lève
au ciel ses mains tremblantes pour lui
recommander sa fille, et la remet dans
mes bras, sans pouvoir prononcer une
seule parole.

J'ignore par quel enchantement tout se
trouva disposé pour notre départ, qui
fut aussitôt exécuté. Notre fuite était
comme un triomphe. Quelque génie invisible avait déjà rempli notre globe
d'esprits volatils, dont la nature nous
était inconnue, et qui répandaient l'odeur
la plus suave. Notre vaisseau nous en-
lève dans l'air, où nous croyons être
portés par la vapeur des plus doux parfums. L'obscurité des nuages qui nous
reçoivent se dissipe, ils deviennent si lu-
mineux qu'ils jettent plus d'éclat que les
rayons du jour. Je pense voguer sur des
flots de lumière et d'azur. Ce prodige
dura jusqu'au lever de l'aurore, qui dé-

couvrit l'Europe à nos regards étonnés.
Un si long trajet n'avait été que l'ouvrage
de quelques heures. Mes compagnons
avouèrent que j'étais protégé par une
puissance céleste, et que mon union avec
Syderie avait le suffrage du ciel même.
J'arrivai bientôt dans ces lieux, où je
voulus en vain les retenir. Ils étaient impatients de retourner dans leur patrie :
tout conspira pour hâter mon bonheur, et
livrer Syderie à son époux.

Oh ! que de charmes répand sur les
plus tristes lieux la seule présence d'une
femme adorée ! Que Syderie, en arrivant
dans cette solitude, la changea ! Qu'elle
me parut embellie ! Je n'y retrouvai plus
l'ennui dont les pesantes mains frappaient
avec tant de lenteur chaque moment du
jour et de la nuit. Le temps y reprit ses
ailes, et fuyait si vite que j'eusse voulu
modérer son vol rapide. De quelles délices
ce court espace de mes jours fut abreuvé!
Jamais Syderie n'avait épuisé pour moi
tous les aimables soins ; chaque jour je
croyais la connaître ; chaque jour elle
s'offrait à mes yeux sous les traits d'une

perfection nouvelle; mon âme était la sienne; ma joie, son bonheur unique. Elle vit que j'étais heureux du seul plaisir de lui plaire; ses yeux satisfaits me répondaient toujours que j'avais réussi. Que manquait-il à cette félicité? Les seules voluptés de l'amour que Syderie n'accordait point à mes désirs; mais je lisais dans ses regards que ces refus n'étaient pas volontaires. Quand sa main avait repoussé mes efforts, elle me demandait pardon de sa rigueur par des soins plus tendres, par des paroles plus douces et plus caressantes. Mélange inouï d'amour et de sévérité que je ne comprenais point! Souvent, après les combats d'une longue défense, son visage se couvrait de larmes. Je voulus enfin connaître la cause de cette conduite étrange. Pourquoi donc, lui dis-je un jour qu'elle s'était échappée de mes bras, m'opposez-vous cette résistance qui m'afflige? Nos cœurs, toujours unis et d'intelligence, ne s'entendent point sur l'objet de mes vœux les plus ardents. Si mes regards sont pleins de l'amour dont je brûle pour vous, vous détournez les vôtres, et vous paraissez ne m'avoir pas compris. Vous m'interrompez, lorsque mes discours trop passionnés vous peignent ma flamme. Touché de ma seule indifférence dès que je l'affecte pour vous, c'est alors que vous devenez plus tendre, je retrouve en vous les yeux d'une amante, et si, me fiant à ces apparences flatteuses, je tombe à vos pieds pour vous demander le prix de ma tendresse, j'éprouve encore de nouvelles rigueurs. O Syderie ! je ne puis plus vivre ainsi ! expliquez-moi, je vous en conjure, les motifs de ces refus opiniâtres ; dites-moi si je suis pour vous un objet d'aversion. Vous n'aurez plus à craindre votre époux.

Ciel ! me répondit-elle, je vous hais ! moi qui ne suis malheureuse que pour vous chérir avec trop d'ardeur ! Omégare ! quel secret funeste vous m'avez demandé ! Ma tendresse, en vous le cachant, vous épargnait des peines que j'aimais à souffrir pour vous ; mais je sens que je serais coupable de garder encore le silence. Les combats que j'ai soutenus ont épuisé mon courage, et je n'ai plus la force de vous résister, si vous ne m'aidez vous-même à réprimer vos désirs.

Après ce discours, elle me conduisit dans cette grotte, où vous êtes assis. C'est là que son cœur s'épanche avec plaisir dans le mien. Vous savez, reprit-elle, qu'après notre séparation, commandée par Ormus, Eupolis me fit conduire dans la prison de la forteresse, où j'arrivai sans force et presque mourante. Omégare ! vous étiez l'unique objet de ma douleur ; je craignais pour vous la fureur des Américains, qui brûlaient de répandre votre sang. Seule, livrée aux plus noires pensées, j'éprouvais dans toute sa force le tourment de l'inquiétude, plus affreux que le malheur même. Quand je vis les portes de ma prison s'ouvrir comme d'elles-mêmes, et mon père paraître, suivi d'un étranger : Ma fille, me dit-il en me pressant contre sa poitrine, tu meurs, si je ne te rends à ton époux ! Juge à quel point tu m'es chère : je consens à ton départ. Je m'expose avec l'Amérique et le genre humain, à tous les malheurs prédits par Ormus. Cependant tu peux rassurer ton père ; je connais ta vertu. Ormus a brisé les nœuds de ton hyménée. Jure-moi de respecter sa volonté dernière. J'en fis le serment à la face du ciel, en présence de mon père et de l'inconnu, que je vis sourire avec malice. Il crut peut-être que je trahirais un jour mes promesses ; mais il s'est abusé. Non, je ne serai point une fille dénaturée; je ne ferai point servir les bienfaits d'un père à sa perte ; je ne serai point l'homicide de la terre et des hommes ; ou si vous pouvez le penser, apprenez, Omégare, à me connaître. A ces mots, elle découvre sous sa robe un poignard qu'elle y tenait caché. Aussitôt, reprit-elle, que ma volonté déjà si faible, et qui gémit de vous résister, sera prête à vous céder, je préviens le moment du crime, et je me donne la mort.

Je ne vous peindrai point quelles furent ma surprise et ma douleur, en vain j'essayai d'affaiblir sa confiance dans les paroles d'Ormus. En vain j'accusai ses oracles de contradiction et d'imposture. Quoi! lui dis-je, le ciel ne les a-t-il pas démentis? Avez-vous oublié les prodiges qui favorisèrent notre fuite, les desseins de nos ennemis révélés, leurs efforts trompés, Eupolis et vos gardes plongés dans un sommeil profond? Ces discours ne purent l'ébranler. Etranger dans l'Amérique, je vois, me dit-elle, qu'Ormus ne vous est pas connu, vous ignorez qu'il était révéré comme un dieu par l'Amérique. Elevée dans ce respect pour sa personne, je crois à ses prédictions malgré le voile obscur qui les enveloppe, malgré les miracles mêmes qui paraissent les démentir. Un prodige est moins étonnant pour moi qu'un mensonge dans la bouche d'Ormus. Ne m'opposez donc plus de nouvelles raisons. Cessez de me livrer des combats dont vous ne sortiriez vainqueur qu'en perdant votre épouse; satisfaite, hélas! de respirer ensemble sous le même ciel, de vous voir, de vous entendre, j'y borne mes plaisirs. Oui, que mes jours s'écoulent ainsi; j'atteste le ciel que j'aurai vécu la plus heureuse des mortelles.

Je ne lui répondis rien; j'étouffai ma

douleur dans mon sein ; je vis qu'il était
inutile ou dangereux de l'attendrir sur
mon sort. J'affectai l'indifférence avec elle.
Je m'interdis jusqu'aux épanchements du
cœur, douces jouissances qui m'avaient
consolé de la privation d'un bonheur
plus grand : je n'en étais que plus à
plaindre ; j'étais consumé par des feux
que mes combats, la présence continuelle
de Syderie, son amour qu'elle ne me
cachait plus depuis qu'elle m'avait inspiré de la réserve, ne rendaient que plus
dévorants ; la nuit ne pouvait les calmer ;
sur le lit de mon repos, j'étais tourmenté
par de longues insomnies où je respirais
toutes les ardeurs de l'amour dans un
sommeil brûlant. Ne pouvant plus vivre
ainsi, je changeai de conduite, j'évitai
Syderie comme la cause unique de mes
maux. Dès que l'aurore éclaircissait les
ombres de la nuit, je fuyais loin de ma
demeure, je m'enfonçais dans les forêts,
je gravissais les plus hautes montagnes ;
je ne revenais qu'après que la fatigue
m'avait épuisé. Ce fut par ces efforts
magnanimes, que je domptai la plus

terrible des passions. Ainsi la main qui
veut soumettre un coursier rebelle, le
lance sur les sillons que le soc de la charrue a profondément tracés ; il se consume
en efforts laborieux, bientôt il blanchit le
mors de son écume, la sueur ruisselle le
long de ses membres affaiblis, et sa fou-
gueuse ardeur s'amortit.

Il ne fallait pour triompher de moi-
même que persévérer dans ce dessein
courageux ; mais Syderie, que mes ab-
sences avaient alarmée, devance un jour
mon départ, en me disant : Que vous ai-
je fait, Omégare, pour me fuir toujours ?
pourquoi me priver du seul bien qui m'est
cher ? Oh ! que vous êtes injuste, si vous
voulez me punir de mes rigueurs ! Par
combien de soins et d'amour j'ai voulu
vainement me les faire pardonner ; mais
vous avez cessé de m'aimer, et je doute
même si je ne vous suis point odieuse. En
finissant ces mots, elle versa des torrents
de larmes.

Hélas ! je n'eus pas la force de résister
à la douleur de Syderie, j'oubliai mes résolutions ; j'applaudis à toutes ses plaintes ;

j'avouai que j'étais un barbare qui ne méritait pas ses pleurs. Je les essuyai, je ne la quittai plus, et je retombai dans tous les maux dont j'étais à peine sorti.

Un état si violent ne pouvait durer, mes forces commençaient à s'altérer, chaque jour je dépérissais, et dès que je le sentis, ce fut une découverte que je fis avec joie; j'aimais à puiser dans les yeux de Syderie le poison qui me consumait. Pour hâter ma perte, je restais à ses côtés, je trouvais dans ce genre de mort une volupté qui plaisait à ma vengance. Je périrai, me disais-je; alors voyant son ouvrage, elle se repentira de sa cruauté. Regrets inutiles, que je n'entendrai point dans la tombe, où les morts goûtent le repos qui me fuit.

J'avais atteint le dernier degré de la plus violente des passions : vous dirai-je à quels excès elle me porta? je vous cacherais mes faiblesses si je ne vous avais pas promis d'être sincère. J'étais sorti pour faire la guerre aux animaux dont la chair me nourrit; fatigué de moi-même, accablé d'ennuis, dédaignant les soins d'une vie

qui m'était odieuse, je brisai mon arc et
mes flèches. Après avoir erré longtemps
par des chemins que j'ignorais, j'entrai
dans un vallon délicieux semblable à ces
jardins où l'opulence rassemblait les créa-
tions les plus belles de la nature. Je me
crus transporté dans les cieux; à chaque
pas je restais dans une extase nouvelle;
on eût dit que ces lieux étaient le séjour
de la volupté; les oiseaux l'inspiraient par
des chants célestes, les ruisseaux par leur
doux murmure. Je la voyais représentée
dans plusieurs groupes de marbre sous
l'image des Amours qui caressaient des
nymphes à demi-nues. Je ne faisais pas
un mouvement qu'il ne fût un plaisir. Si je
marchais, j'étais soulevé par la terre et le
tendre gazon que j'effleurais à peine. Je
respirais la volupté jusque dans l'air chargé
de parfums: un berceau, qui me parut servir de temple à ce séjour délicieux, était
si couvert de fleurs, que l'œil n'apercevait
pas la tige qui les portait. Je m'y reposais
sur un lit de verdure, où le sommeil qui
me fuyait depuis longtemps vint appesantir
et fermer mes paupières. Quels moments

je passai ! Des songes m'offrirent le bonheur sous mille formes variées ; je vis la terre se couvrir de peuples nombreux, le travail, l'industrie et la paix les combler de biens, les beaux arts les délasser par des plaisirs délicats. Tandis que je contemplais ces grands spectacles, Syderie se présenta à mes yeux ; ce n'était plus cette épouse sévère qui réprimait les désirs de son amant. Elle m'appelle dans ses bras en me disant : Voici la postérité dont je serai la mère. A ces mots qui me transportent de joie, je m'éveille. Non, ce ne fut point un vain songe ; je la vois à mes côtés, n'ayant pour tout vêtement que ses cheveux épars. Je doute du prodige, je porte mes mains sur elle ; oui, j'ai senti le mouvement de son cœur et la chaleur de son sein. Illusion qui ne dura qu'un moment, et qui trompant mes désirs me rendit furieux. Je jurai qu'elle ne serait pas mon épouse en vain. Avec plus de vitesse qu'un vautour affamé fond du haut des airs sur la timide colombe, j'accours dans ces lieux, résolu de la soumettre à mes désirs. Je ne la craignais plus, et j'osais défier ses

larmes de me toucher. Hélas! j'ignorais
encore tout l'empire qu'elle avait sur moi.
Sitôt qu'à travers les voiles légers du crépuscule j'aperçus la chambre de Syderie,
mes résolutions s'évanouirent, j'étais éloigné d'elle, et malgré l'intervalle qui m'en
séparait, elle m'en imposait déjà. Que
n'eussent pas fait sa présence, ses prières,
ses tendres regards, qui m'eussent demandé
grâce, et les noms sacrés de son père et de
vertu qu'elle eût invoqués. Je sentis
qu'il m'était plus facile de mourir que de
commettre un attentat sur elle; je craignis
surtout qu'elle n'accomplît le dessein de se
poignarder à mes yeux. Cette image de
Syderie, baignée dans son sang, me fit
frémir; je pris le parti de la quitter pour
jamais. Adieu, trop cruelle épouse, je vais
bien loin de vous terminer mes jours. Je
retourne aux lieux charmants où j'ai cru
vous posséder; un prestige m'a trompé
sans doute, mais qu'il revienne encore me
consoler, je ne vivrai pas tout à fait malheureux.

Je ne fus retenu ni par les ténèbres de
la nuit, qui commençaient à couvrir la

terre, ni par l'horreur d'abandonner Syderie ; je croyais la quitter pour elle-même.
C'est ainsi que j'excusais mon crime : insensé que j'étais, je l'avais livrée au désespoir seule dans ce palais. Sans savoir où
porter ses pas, et n'y pouvant rester en
place, les plus noires images viennent tour
à tour l'effrayer ; enfin, me croyant dévoré
par les bêtes féroces, impatiente, elle désire le retour de la lumière pour chercher
mon corps sanglant et s'abandonner à leur
rage. Oh! combien j'étais coupable! mais
j'avais perdu l'usage de la raison. Cependant ce délire de mes sens commençait
à se dissiper ; je reviens à moi, tel qu'un
homme qui s'éveille tout ému d'un songe
affreux pendant lequel il s'est cru plongé
dans les enfers. Il s'examine, il s'interroge ;
il ne sait encore s'il habite le séjour des
vivants ou les sombres demeures des
morts. Ainsi j'eus peine à me reconnaître :
étonné de me trouver seul, la nuit au
milieu des campagnes, je pensais qu'un
songe trompait mes sens endormis. De
quel trouble je fus saisi, quand je reconnus
la vérité! O ciel! m'écriai-je, dans quelles

alarmes cruelles Syderie doit être plongée ! je revole vers elle ; je crains
d'arriver trop tard pour la sauver, elle
était mourante. Je ne lui cachai rien ;
elle sut mes fureurs, mes transports,
mes projets barbares. Au lieu d'éclater
en reproches, elle eut pitié de ma faiblesse, et me serrant tendrement les
mains dans les siennes : O mon ami,
me dit-elle, si vous voulez que je vive,
ne mettez plus mon courage à des
épreuves si terribles ! je ne les suppor-
terais pas une seconde fois. Vous avez
vu combien j'étais désolée ; c'est avec
peine que vous m'avez rendue à la vie.
Que cette scène reste à jamais présente
à votre esprit ; et si vous formez un
jour de pareils desseins, soyez retenu
par l'image de votre épouse expirante.
Que n'est-il en mon pouvoir de répondre
à vos désirs ? j'ai versé bien des larmes
que je vous ai cachées ; et si je ne puis
les retenir dans ce moment, ce sont vos
douleurs qui m'affligent. Je pleure, cher
Omégare, de vous opposer sans cesse
de cruels refus. Attendons, je vous en

conjure, que le ciel s'explique. Croyez-
vous que, s'il condamnait ma réserve,
il laissât périr en nous l'espérance du
genre humain !

Syderie n'acheva qu'avec peine ces
dernières paroles ; sa voix expira sur ses
lèvres, elle était tremblante, éperdue. Je
vis que le plus affreux des combats
déchirait son âme. Lasse de me résister,
succombant sous tant d'efforts héroïques,
elle fit, pour se jeter dans mes bras, un
mouvement qu'elle réprima soudain, et
dont elle voulut se punir. Elle saisit le
poignard caché sous sa robe : à peine
j'eus le temps d'arrêter le fer qui déjà
touchait son cœur. L'exemple d'un si
grand courage, l'effroi du péril qu'elle
avait couru, rendirent le calme à mes
sens. J'eus honte de ma faiblesse, et je
ne fus pas indigne de cette épouse ver-
tueuse.

Je passai les jours suivants dans un
repos si parfait, que je me crus pour
jamais à l'abri de nouveaux orages ; que
je pouvais penser à Syderie, et la voir
sans éprouver ni transports ni combats ;

mes désirs étaient domptés. Aurais-je
jamais prévu que je touchais à ce
moment que je n'osais souhaiter, et qui
devait mettre le comble à mon bonheur !

Un matin que j'étais absent, Syderie
crut entendre des soupirs qui semblaient
sortir des voûtes du palais, et qui renaissaient de moment en moment. Loin
d'en être effrayée, elle éprouva cette
douce pitié dont l'âme ne peut se défendre au spectacle du malheur ; elle
désira voir l'être infortuné qui poussait
des accents si douloureux. Au moment
même la terre tremble, un spectre en
sort enveloppé du linceul dont les morts
sont enveloppés dans la tombe : il se
découvre le visage. Syderie, éperdue, reconnaît son père. Oui, ma fille, lui
dit-il, je suis Forestan à qui tu dois le
jour, et qui n'ai pu survivre à tes adieux;
je suis descendu dans le séjour des ombres ; retiens tes larmes. Infortunés que
vous êtes, ce n'est point à vous de
pleurer sur les morts. Je revois la lumière par l'ordre du ciel, écoute sa

volonté suprême. Il réprouve le serment
que j'exigeai de toi : mon respect pour
la personne d'Ormus m'avait abusé ; mais
si ma défense fut criminelle, elle a fait
éclater ta vertu. Je rends à ton époux
les droits qu'il avait sur toi ; soyez
heureux. Omégare doit revenir avant que
l'astre du jour ait terminé la moitié de
sa course. Si ta pudeur n'ose lui répéter
mes ordres, va dans le temple de ce
palais ; tu trouveras deux tableaux sous
l'autel qui regarde l'orient : expose-les
à ses regards. A cette vue, il sentira
ses désirs se rallumer, et les tiens lui
seront connus. A ces mots, l'ombre de
Forestan se précipite dans le sein de la
terre, et disparaît.

Syderie, longtemps immobile, ne sort
de son étonnement que pour chercher
son père ; elle voudrait l'embrasser, l'interroger, faire parler les regrets et la
douleur de l'avoir perdu. Elle espère qu'il
ne refusera point, à sa fille qu'il adorait,
cette grâce légère. Elle l'appelle, mais
soit que les morts obéissent à des lois
rigoureuses, soit qu'ils craignent de sa-

tisfaire les désirs curieux des vivants, ses vœux ne furent point exaucés. Ne doutant plus qu'il était disparu pour jamais, elle le pleure comme s'il venait d'expirer dans ses bras : ensuite, curieuse de voir les tableaux dont elle espère un succès qui flatte ses désirs, elle court au temple du palais. A l'aspect de ces peintures, sa surprise est extrême ; elle croit que l'art vient de les finir, tant les couleurs en sont éclatantes. Le premier de ces tableaux représente Eve et son époux sous le berceau nuptial : on y voit la pudeur et le silence qui gardent l'entrée de cet asile. Un rayon de lumière, qui s'échappe au travers des roses, y jette un jour doux et mystérieux. Au milieu de ce berceau, s'élève un lit formé par des touffes de verdure et de fleurs effeuillées ; Adam serre dans ses bras son épouse aussi belle que devait l'être la fille aînée de la terre : il l'entraîne vers le lit nuptial : on lit sur le visage de la mère des hommes la douce honte, l'embarras de la pudeur et le plaisir de céder aux efforts de son époux.

Le second tableau représente le premier né des enfants des hommes sur les genoux de sa mère, sujet simple, où mille charmes sont répandus. Eve, ainsi que la nature, n'y compte qu'un printemps. A des traits formés, elle joint la première fraîcheur de l'enfance, contraste piquant qu'on ne vit jamais sur le front de la beauté que le Temps frappe de son aile légère, pendant qu'elle atteint ses trois lustres. Aucun tableau n'inspira peut-être un intérêt si tendre: on n'y peut voir, sans émotion, une épouse si jeune livrée aux soins maternels. Elle contemple avec volupté son fils qui presse de ses lèvres rosées un sein plus blanc que les lis des campagnes. Rien n'est plus doux que son sourire, de plus caressant que ses yeux, et son amour de mère est peint jusque dans les mouvements affectueux de ses bras.

A peine Omégare eut-il achevé la description de ces tableaux, qu'Adam tout ému l'interrompt, et lui dit : Omégare, ô mon fils, permets ce nom que ma tendresse te donne, arrête un instant, et laisse-moi prendre du repos ! Tu viens d'ouvrir dans mon cœur la source du sentiment que je croyais tarie. Ah ! si tu me connaissais, j'eus, ainsi qu'Adam, des enfants, une épouse ; j'ai cru les revoir, les entendre, et goûter avec eux tous les plaisirs de père et d'époux. A ces mots, il garde le silence, il se recueille, il s'efforce de prolonger les émotions que son cœur éprouve ; mais, fugitives comme l'éclair qui frappe l'œil et s'évanouit, elles ne sont déjà plus. Ah ! dit-il, que les plaisirs de l'homme sont d'une courte durée, il ne peut même les fixer par ses souvenirs. Reprends, ô mon fils, la suite de ton histoire ! je suis calme maintenant, et je puis t'entendre.

Ce fut le second tableau que préférait Syderie. Le charme du sentiment qu'il exprimait l'y retenait attachée, et fit naître dans son cœur le besoin d'être mère, de vivre et de s'aimer dans un autre elle-même. Quoi ! se dit-elle, un fils recevra de moi la nourriture et la vie ! j'aurai dans ses traits l'image de son père toujours présente ! O jour trop heureux, hâtez-vous de naître ! Elle dit, et se livrant sans réserve au plaisir de me plaire, elle se revêt des mêmes parures et de la robe qu'elle porta le jour de notre hyménée. Elle embellit sa chambre avec divers ornements ; elle y brûle des parfums exquis, et s'asseoit sur un lit de repos entre les deux peintures qui doivent expliquer ses désirs ; mais toujours fidèle aux soins de la pudeur, elle couvre d'un voile le tableau du lit nuptial.

J'arrivai. Cette chambre ornée, la douce vapeur que j'y respirais, la parure de Syderie, tout cet appareil me surprit. J'approche de Syderie, le tableau d'Eve nourrissant son fils arrête mes regards qu'il enchante, et me donne le désir de connaître celui qu'un voile me dérobait. Jamais trouble ne fut égal au mien, à la vue de la mère des hommes dans les bras de son époux. Tous les feux de l'amour se réveillent dans mon cœur avec d'autant plus de violence, que dans cette peinture admirable, je reconnais le berceau voluptueux où j'avais joui d'un

sommeil si doux, où j'avais cru voir
Syderie soumise à mes désirs. C'étaient
les mêmes groupes de fleurs, le même
lit de verdure, le même reflet de lumière.
Cet objet me rend tous mes transports.
L'aspect d'Adam prêt à goûter les délices
de l'amour m'inspira son audace. Syderie,
ainsi que la mère des hommes, avait les
yeux baissés. Une aimable rougeur co-
lorait son front, et l'espoir du plaisir
agitait son sein. Sans m'informer à quel
Dieu je dois ce changement heureux, je
deviens l'époux de Syderie. La terre en
tressaille de joie. Un doux murmure,
suivi de chants mélodieux, se fait entendre
dans les airs; mais, au même instant,
l'astre du jour s'est obscurci, des images
sanglantes ont rougi la route du firmament, et j'ai revu plusieurs fois les mêmes
phénomènes. La timide Syderie en est
épouvantée; moi-même qui lui donne des
consolations, je suis déchiré par des remords, comme si j'étais coupable. Cependant Dieu peut-il permettre que les morts
sortent des tombeaux pour tromper les
hommes. Forestan a parlé, ce n'est pas

un prestige. Quel autre que lui plaça sous
l'autel les tableaux du jardin terrestre!
Quel autre les eût découverts à Syderie!
Rien d'ailleurs n'annonce cette destruction
de l'univers, prédite par Ormus. Les airs
sont paisibles, l'astre de la lumière n'a
point encore varié dans sa course, la terre
depuis ce jour même offre une surface
riante et me semble rajeunie. Pourquoi
donc ne puis-je me défendre d'un sentiment de tristesse et de terreur? O vous
que le ciel a conduit dans ces lieux,
daignez m'en dire la cause? rendez-moi le
calme, ou si je ne puis l'espérer, je ne
vous ai rien déguisé, faites parler la vérité;
je ne crains pas de l'entendre.

# CHANT SEPTIÈME.

Dès qu'Omégare eut cessé de parler,
toutes les puissances du ciel attentives
arrêtent leurs regards sur le premier
homme. Elles ignorent quel sera l'objet
de sa mission. Elles savent seulement que
les événements les plus terribles qu'on
ait vus depuis la création vont éclore.
Adam lève ses mains au ciel ; il invoque
l'Eternel, et lui demande qu'il daigne
l'inspirer, et lui donner la force et les
conseils dont il a besoin. Aussitôt qu'il a
formé ces vœux, un tourbillon de lumière
l'environne. C'est Dieu lui-même qui se
présente à ses regards, toujours brillant
du même éclat de jeunesse, tel qu'il

s'offrit à lui sous les berceaux fleuris d'Eden. Adam reconnaît son créateur ; il l'adore, son cœur est abreuvé de joie ; mais les ordres qu'il reçoit le plongent dans la tristesse. Il se lève à la hâte, la terreur est peinte sur son front ; tout son corps frissonne ; il saisit avec effroi la main d'Omégare, et l'entraîne loin de sa demeure, comme d'un lieu fatal où l'air serait empoisonné.

C'est en vain qu'Omégare veut le retenir, en lui représentant qu'ils sont attendus par Syderie ; il lui répond d'une voix effrayée : Suivez votre guide, ou vous êtes menacé des plus grands malheurs. Ils marchent tous deux en silence vers cette ville fameuse, qui fut la capitale de l'Empire français. Omégare n'ose interroger le père des hommes. Adam craint de remplir le ministère dont Dieu l'a chargé. Sitôt qu'ils sont séparés de Syderie par deux heures d'une marche rapide, ils s'arrêtent sur une colline, d'où leurs yeux aperçoivent les longs circuits du lit creusé par la Seine, dont les hommes avaient changé le cours.

Le père des hommes presse Omégare dans ses bras, et répand des pleurs qu'il ne peut plus retenir. Il lui dit d'une voix attendrie : Se peut-il que ma douleur n'ait pas épuisé mes larmes, moi, qui depuis la mort d'Adam, comptais par elles chaque instant de la durée, aurais-je prévu que mes maux pouvaient augmenter? Ah! pourquoi ne suis-je pas encore aux portes des enfers? Je suis réduit à regretter cet horrible séjour! Omégare, je vous aime comme le plus cher de mes enfants, ce sont vos peines qui vont combler la mesure des miennes. Je viens de vous séparer pour jamais de Syderie, Dieu vous ordonne de la quitter.

Le ciel veut-il sa mort? reprend vivement Omégare. Peut-être, reprend Adam, Dieu qui vous parle par ma bouche, Dieu, qui dispose à son gré des jours des humains, veut qu'elle périsse.

A cette réponse d'Adam, Omégare pâlit, chancelle, il fait effort pour parler, et sa langue refuse d'exprimer ses pensées. Le père des hommes laisse passer dans le silence ce moment terrible. Il sait que la parole n'a pas le pouvoir de calmer des douleurs si cruelles. Quel crime digne de mort Syderie a-t-elle commis? dit Omégare avec l'accent du désespoir. Serait-il possible que le ciel réprouvât notre hyménée? Est-il vrai qu'il doit en sortir une race exécrable? les oracles d'Ormus vont-ils s'accomplir? Malheureux! reprend le père des hommes, l'enfant qui sera le père de cette affreuse postérité, cet enfant qui n'aurait jamais dû naître, respire dans le sein de Syderie.

Omégare, à cette nouvelle, éprouve des combats furieux. Semblable à des flots qui, soulevés par une tempête, s'élèvent jusqu'à la cîme des plus hautes montagnes, et retombent soudain au-dessous des vallées profondes, tantôt il prend des résolutions hardies, il veut braver tous les périls, s'exposer à la colère du ciel, et subir les malheurs de sa destinée; tantôt, accablé sous le poids de ses peines, faible comme un enfant, il est prêt à verser des pleurs. Enfin, il rougit de sa faiblesse, il s'arme de courage, et résolu de résister au père des hommes, il lui répond avec fermeté: L'enfant dont je suis

le père, au lieu de rompre les nœuds qui
m'unissent à Syderie, va les resserrer
davantage; il est un présent du ciel, un
gage de sa faveur, je veux le conserver.
Quoi ! je n'aurais pas connu le bonheur de
l'amour, si Syderie n'eût point désiré
d'Omégare un fils qui charmât les ennuis
de sa solitude; et lorsque j'apprends que
ses vœux sont comblés, vous choisissez ce
moment pour m'ordonner une séparation
barbare ! Vous ne l'obtiendrez point ; je
ne veux pas même vous entendre plus
longtemps, et je cours oublier vos ordres
dans les bras de Syderie.

Arrêtez, s'écrie aussitôt le père des
hommes. Quel projet osez-vous concevoir ?
Apprenez donc des malheurs que j'aimais
à vous cacher ; mais que vous me forcez
à vous révéler, apprenez que cet enfant
portera des mains parricides sur sa mère et
sur vous, et que ces crimes atroces seront
les moindres de ses forfaits.

Omégare s'indigne contre cet inconnu,
dont chaque mot enfonce un poignard
dans son cœur. Il jette sur lui des regards
irrités, et fait éclater sa colère en ces

termes : Allez dans d'autres lieux porter vos oracles menteurs ; ils n'auront pas le pouvoir de m'effrayer. Quel est donc cet empire que vous exercez sur ma foi ? Vous pensez peut-être l'avoir subjuguée ? Quelle est votre erreur ! J'ignore encore qui vous êtes ; à l'exemple des imposteurs, vous m'avez caché votre nom, votre patrie. Il est vrai que vous prétendez être un envoyé du ciel ; mais avez-vous cru que votre seul témoignage devait me suffire ? Vous avez contre vous les contradictions qui déshonorent les prophéties d'Ormus, les oracles entendus par Idamas, mille prodiges que j'ai vus, l'aveu de Forestan, revenu de la demeure des morts ; quand vous aurez fait des œuvres aussi grandes ; lorsqu'en votre présence les temples rendront des oracles, et que les morts sortis des tombeaux viendront confirmer vos paroles, alors vos menaces pourront m'épouvanter ; alors j'examinerai peut-être si je dois me soumettre à vos ordres.

Le père des hommes avait prévu les fureurs d'Omégare ; il l'excuse en lui-même, et le trouve encore modéré dans ses plaintes. Il lui répond : Un homme qui pense comme Ormus n'a pas besoin de faire des prodiges, et vous me croiriez si je favorisais les intérêts de votre cœur. Je vais d'un seul mot renverser les appuis de votre confiance. Ce sont les oracles rendus en la présence d'Idamas, les prodiges que vous avez vus, l'apparition de Forestan, qui vous rassurent. Sachez que le génie de la terre fut le seul auteur de ces prestiges ; c'est lui qui, caché dans un sanctuaire, osant imiter l'organe de Dieu, flatta les vœux du crédule Idamas. C'est lui, qui dans votre prison vous donna le spectacle des plus belles femmes de l'univers, et vous montra Syderie dans un personnage fantastique. C'est lui qui fit paraître féconde la plaine d'Azas aux yeux fascinés du Brésil. Enfin, c'est lui qui, prenant les traits et la voix de Forestan, apparut à sa fille pour la soumettre à vos désirs. Eh ! comment n'avez-vous pas pénétré ces artifices ? Il doit périr si vous ne donnez au monde une postérité nouvelle ; il était facile de prévoir qu'il ferait servir au succès d'un hymen qui devait le sauver, les secrets qu'il possède et tous les efforts de sa puissance.

Rien n'est vrai dans votre histoire que la prédiction que le ciel fit à Polyclète pour le consoler, et les oracles d'Ormus, que vous accusez en vain de contradiction, Ah ! bien loin qu'ils soient l'ouvrage de l'imposture, je viens de la part de Dieu vous les confirmer. Oui, je vous le répète en son nom, la plus funeste de toutes les races sortira de votre hyménée, il sera pour vous la source des infortunes les plus cruelles, si vous ne vous hâtez d'en rompre les nœuds ; mais si vous renoncez à Syderie, votre hymen va devenir au contraire le prélude du dernier jour de la terre et de la résurrection des hommes. L'accomplissement de l'un ou de l'autre de ces événements dépend de vous ; mais il est nécessaire qu'un des deux arrive, et jamais Ormus n'a prétendu qu'ils devaient concourir ensemble.

Déjà même, ô malheureux Omégare, le premier oracle d'Ormus ne commence-t-il point à s'accomplir. Quels fruits amers n'avez-vous pas recueillis du voyage en-

trepris par les ordres du génie de la terre?
Faut-il que je vous rappelle la mort déplorable d'Idamas, votre tête menacée par
les Américains, votre fuite précipitée, la
résistance et les combats de Syderie, vos
remords qui furent la suite de l'amour
satisfait, la terreur dont vous étiez encore
frappé lorsque je suis venu vers vous?
Sont-ce là, dites-moi, les succès brillants
que le génie vous avait promis?

Ce discours d'Adam porte dans l'âme
d'Omégare une lumière affreuse, dont il
veut en vain détourner les yeux; elle
l'obsède, elle l'investit de toutes parts; il
cède en gémissant à son éclat, et répond
au père des humains: Vous venez de
mettre le comble à mes maux, et je défie
les enfers conjurés de les augmenter.
Mes illusions les plus chères sont détruites,
je vois devant moi la vérité terrible qui
me condamne. Je suis coupable et je ne
m'en défends plus; mais je ne serai point
un barbare, je ne consentirai point à la
mort de Syderie, elle vivra, je la verrai;
si je dois être le plus infortuné des humains, elle essuiera mes larmes, elle en

aimera la cause. Non, je ne l'abandonnerai pas ; qui que vous soyez, ô vieillard, vous n'aurez jamais ce pouvoir.

Omégare, en prononçant ces mots, a les yeux égarés, ses genoux fléchissent sous lui, sa voix est tremblante. Adam lui réplique sans se troubler : Si je voulais me nommer, vous n'oseriez pas me braver ainsi. Hélas ! il m'eût été bien doux de vous ouvrir mon âme et mes secrets ; mais j'attendais d'Omégare plus d'obéissance aux ordres du ciel ; un repentir plus sincère de ses fautes, moins de faiblesse dans le malheur : puisque je me suis trompé, vous n'êtes pas digne de me connaître.

Ce reproche dont Omégare s'offense, excite ses désirs curieux. Il commence à porter sur Adam des yeux attentifs ; il est surpris de n'avoir pas été frappé par le grand caractère de sa figure, tel qu'on l'eût en vain cherché dans aucun mortel. Des rides profondes creusent son visage, ses muscles desséchés percent sa peau transparente ; ses sourcils sont effacés, sa tête sans cheveux est nue ainsi que l'ivoire ; on le croirait le père du temps et des siècles. Sur tous ses traits sa longue souffrance est empreinte, ses regards ne savent plus exprimer que la douleur, et les gémissements de la plainte sont les seuls accents de sa voix. Cependant sur son front, tout flétri qu'il est, la majesté de la nature respire et commande le respect.

Si votre nom, lui répond Omégare, doit avoir sur mon âme quelque ascendant, le taire, c'est un crime qui surpasse tous les miens. Je vous conjure, par toutes les puissances célestes de me déclarer qui vous êtes, ou lorsqu'un jour le souverain juge prononcera l'arrêt de ma condamnation, je m'élèverai contre vous, je vous imputerai tous les malheurs de ma résistance, votre refus sera mon excuse.

Je vous en priverai, reprend vivement le père des hommes ; mais malheur à vous si ce nom que vous me demandez ne change pas votre cœur. Cher Omégare, je n'ai pu vous cacher le trouble de mes sens lorsque vous décriviez sous le berceau nuptial la jeunesse et les charmes d'Eve dans les bras de son époux trop heureux;

O mon fils! vous me rappeliez les courts
moments de délices de ma vie. Je suis
ce malheureux père des hommes et de
toi.

Aussitôt que le nom d'Adam a frappé
l'oreille d'Omégare, il se jette à ses pieds,
il les embrasse, comme s'il était sous les
regards de Dieu. Qui pourrait décrire le
tumulte des sentiments qu'il éprouve! S'il
est saisi d'un saint respect à la présence
du père des humains, il n'a point oublié
qu'il a demandé la mort de son épouse
et du fils qu'elle porte dans son sein; il
ne peut retenir ses soupirs et ses sanglots,
son âme est comme une mer que des
orages contraires soulèvent dans tous les
sens. Mille combats le déchirent; il s'écrie:
O mon père! quels moments vous empoisonnez par un seul ordre cruel! Il n'a
pas la force de proférer d'autres paroles.

Le père des hommes relève Omégare;
il le soutient sur ses bras, il reçoit ses
larmes dans son sein, il le console. Tel
qu'un lis flétri par les ardeurs dévorantes
de l'été, si la nuit et ses vapeurs humides
rafraîchissent les airs, il se relève sur sa

tigé désaltérée, et reprend son éclat argentin : ainsi les paroles du père des hommes adoucissent les peines d'Omégare, les nuages de son front se dissipent, et son âme, plus paisible, peut entendre le langage de la raison et de la vertu.

Alors le père des humains lui dit : Ah ! mon fils, quelle douleur tu m'as causée lorsque tu m'imputais la perfidie de vouloir déchirer ton cœur, et d'y prendre un plaisir barbare ! moi qui t'aime plus tendrement qu'Abel, moi qui voulais non-seulement t'épargner les peines que tu dois essuyer dans cette vie, mais encore te soustraire à des maux mille fois plus à craindre, aux châtiments que Dieu réserve à la désobéissance, tu sais la seule faute que j'ai commise ; tu frémiras d'apprendre mon supplice. Dieu m'a placé proche les portes des enfers, sur une plage inconnue, où je vis solitaire; où je ne vois des hommes que lorsque la justice divine en précipite dans ces gouffres, où je n'entends la voix humaine que lorsque ces abîmes s'ouvrent et que les cris qui y sont comprimés s'élancent dans les airs et percent mes oreilles. O affreuse peine qui m'est toujours nouvelle, dont la durée égalera celle de la terre, mais que tu peux terminer aujourd'hui! Cher Omégare, ô mon fils, n'ai-je point assez versé de larmes! Depuis que je souffre, les rochers les plus durs sont tombés en poussière, des fleuves et des mers se sont évaporés lentement goutte à goutte, la voûte brillante des cieux s'est ternie; sois touché des maux de ton père, obéis aux ordres du ciel, à la voix de ta conscience, à la pitié qui te presse en ma faveur. J'ai fait le malheur de mes descendants : si j'empêche une race funeste de naître, mon crime est effacé.

Cette peinture des tourments d'Adam jette l'effroi dans l'âme d'Omégare. La terreur qu'il éprouve est peinte dans ses gestes, sur son visage. Il regarde avec étonnement et pitié l'être malheureux qui survit à de si longues douleurs. Il est si touché que ses yeux se remplissent de larmes. Hélas! dit-il, aurais-je pensé qu'un Dieu bon pût dévouer une faible créature à des supplices si cruels? D'après cet exemple, je juge quels tourments sa justice

me prépare; mais comme vous je saurai
les souffrir. Vous voulûtes vous perdre
avec la mère des hommes. Je serai comme
vous fidèle à Syderie, et vous–même à ma
place, vous seriez aussi généreux que moi ;
je l'ai vu dans vos transports, au seul souvenir de votre épouse infortunée.

Cette réponse d'Omégare étonne le père
des hommes, il garde un moment le silence, qu'il interrompt par ces paroles
formidables, que le méchant n'osera méditer, mais qui seront à jamais la consolation des justes : Après l'exemple de
faiblesse que j'ai donné, j'ai perdu, cher
Omégare, le droit de te répondre ; mais
que ne peux–tu savoir, comme, à peine
mon crime commis, je sentis le remords,
tel qu'un vautour affamé, s'attacher à mon
cœur et le dévorer sans cesse, sans pouvoir le détruire ; comme pendant l'amas
prodigieux des années que j'ai souffert,
chaque jour, chaque minute de cette éternité, je voulais me reporter au moment
de ma faute, pour redevenir maître de ma
volonté et résister aux prières d'une épouse
trop chérie ? Vains désirs qui renaissaient

tous les instants, que je ne pouvais étouffer, et qui me consumaient. Le crime est rapide comme l'éclair; le repentir, éternel. Il me suivra jusque dans les cieux, où si tu veux obéir aux conseils de la vertu, ta victoire va te placer au-dessus de moi-même et des plus grands hommes.

Ah! mon père, reprend Omégare, que cet excès de gloire est loin de me flatter! l'homme peut-il atteindre à cette sublimité de vertu? J'aime bien mieux vous ressembler. J'en prends le ciel à témoin, jamais je ne vous ai fait un crime de la faute que vous avez commise. Je vous la pardonne encore, ayez pour moi la même indulgence.

Si je t'accordais cette faveur cruelle, reprend le père des hommes, je serais ton ennemi, je serais celui de Syderie; tu crois donc l'aimer en la conservant. Insensé! tu vas la livrer aux anathèmes d'un Dieu vengeur, aux fureurs des éléments, à tous les fléaux terrestres, aux atrocités de ses enfants, qui plongeront dans son sein leurs mains dégouttantes du sang de leur père. Sortez tous deux de la vie, plutôt que d'exister à ce prix. Et quelle est cette mort dont l'image t'épouvante! elle sera pour Syderie et pour toi l'absence d'un jour, le sommeil d'une seule nuit. Vous n'aurez pas le temps de descendre dans la tombe, vous renaîtrez aussitôt couverts de vêtements immortels, et vous monterez ensemble au véritable Eden, au séjour de la gloire et de la félicité. Vois au même instant les cendres éparses de tes pères se ranimer, le genre humain se lever tout entier, et te bénir comme son bienfaiteur. Seras-tu sourd aux vœux de tous les hommes, qui te conjurent par ma bouche de hâter leur résurrection. Ils dorment dans leurs tombeaux depuis des siècles innombrables. Veux-tu prolonger sur la terre l'empire du malheur et de la mort? Oui, si dans le moment où j'allais désobéir à l'Eternel, on m'eût exposé comme à toi les suites terribles de ma faute, je n'aurais pas fait le malheur de ma postérité.

Le père des hommes à qui Dieu venait de rendre la force de sa voix, avait prononcé ce discours avec tant d'énergie et de véhémence, la vérité s'y montrait avec des caractères si frappants, qu'Omégare, subjugué, promet dans son cœur d'obéir. Il lève ses mains au ciel, y lance des regards douloureux, et fait l'offrande de cette grande action au seul être qui peut en donner la récompense.

Vos ordres barbares, répond-il au père des hommes, seront exécutés; j'en perdrai la vie, mais la mort est un bienfait au milieu de tant d'infortunes. Je ne forme plus qu'un désir, et pourriez-vous me refuser cette consolation dernière? Si j'abandonne Syderie sans l'instruire que je cède aux plus impérieux des devoirs, elle va croire que mon amour pour elle s'est éteint; je serai l'objet de sa haine, elle m'imputera sa mort, et rendra peut-être le dernier soupir en maudissant mon amour et le nom d'Omégare. Permettez, ô mon père, que je dissipe son erreur. Je jure qu'aussitôt qu'elle saura de ma bouche l'arrêt qui nous sépare, je prendrai la fuite sans attendre sa réponse et ses adieux.

Omégare n'eut pas le temps de prononcer ces dernières paroles, Adam les avait devinées. Les bras étendus vers le ciel, il s'écrie : O mon Dieu! l'homme créé par toi n'est pas changé! je le retrouve encore tel que je fus moi-même, toujours présomptueux lorsqu'il promet, et le plus faible des êtres sitôt qu'il agit. Ensuite, il prend les mains d'Omégare, et continue ainsi: Si tu revois Syderie, elle ne voudra d'abord t'adresser qu'une seule parole, et t'arrêter qu'un seul jour. Lui refuseras-tu ces faveurs légères, toi qui brûles d'enfreindre pour elle ma défense et les ordres de l'Eternel? Après avoir passé tous deux sans péril la première journée, sera-t-il plus dangereux de lui donner les jours suivants? L'impunité te rendra ta hardiesse; tu m'accuseras d'être un faux prophète, et tu dormiras plein de confiance sur les bords des plus affreux précipices. Tu me promets, il est vrai, le courage le plus intrépide, et je te rends cette justice, tu crois à la bonne foi de tes serments. Mais apprends par toi-même à connaître ta faiblesse: tout absente qu'elle est, Syderie combat ton devoir dans ton cœur, elle est plus forte que ton Dieu, ton propre intérêt, le cri de ta pitié pour moi, et tu veux lui

résister, lorsque gémissante, éplorée, te
retenant dans ses bras, elle sera prête à
mourir de sa douleur! Ah! loin d'Eve, je
serais mort plutôt que de violer une seule
des lois que Dieu m'impose. Ce furent
ses larmes qui me perdirent. Cher Omégare, tu n'éviteras point la même destinée.
Enfin, quand le ciel t'accorderait le courage
qui m'a manqué, qui sait s'il ne veut pas
refuser à Syderie la douceur de te revoir,
s'il ne veut pas qu'elle ignore jusqu'à
l'ordre qui t'a séparé d'elle! Ah! mon fils,
je t'en conjure, ne fais pas à moitié cette
grande action. C'est mon dernier conseil.
La justice divine me rappelle aux portes
des enfers; reçois les adieux de ton père.
Je vais recommencer des siècles de tourments où je te verrai demain avec ma race
dans l'éternité. Le père des hommes prononce ces paroles d'une voix lugubre, et
disparaît aussitôt.

Omégare demeure immobile, éperdu,
privé de tout sentiment, sans entendre et
sans voir. Il est comme s'il n'existait pas;
il ignore dans quels lieux il respire, quel
est celui qui vient de lui parler. Il sait

seulement qu'il est malheureux, et qu'il
doit craindre de se connaître : affreux sommeil de l'âme, mais moins terrible que le
délire du réveil. A mesure que la lumière
rentre dans son âme, il sent le retour de
ses peines avec la même force que s'il les
éprouvait pour la première fois. Il est
furieux, il se calme, il se désespère, il
pleure, il se repent de ses serments, il
veut les violer. Je ne crois pas, dit-il, à
ce caprice barbare d'un Dieu, qui ferait
dépendre de mon malheur les destins de
l'univers ; il ne m'a point consulté pour
créer la terre. Qu'il dispose sans moi de
son ouvrage !

Omégare affronte tous les dangers qui
lui sont prédits, il reprend la route de
sa demeure ; mais c'est avec une extrême
lenteur qu'il avance. Le poids des remords dont il est accablé ralentit ses
pas. Il sent qu'il a tout perdu, jusqu'à
l'espérance du bonheur. Où vais-je, se
dit-il ? je vais chercher Syderie, et puis-je
espérer de retrouver en elle les charmes
que j'adorais, ce calme de l'innocence,
cette paix du bonheur que j'aimais à lire

dans ses yeux, cette allégresse qu'elle faisait éclater à ma vue, et qui se peignait dans ses moindres mouvements. Hélas! je vais lui porter mes remords, mes inquiétudes, ma destinée. Je l'aurai soustraite à la mort; mais je verrai le poison du chagrin la consumer lentement, et je l'entendrai peut-être un jour me reprocher ma faiblesse.

Frappé par cette pensée, il s'arrête, et voit dans l'ombre épaisse d'un vieux chêne, le père des hommes, la douleur sur le visage, ses mains sur ses oreilles qu'il comprime avec force, son corps à demi renversé par les souffrances, et sa bouche ouverte, comme s'il exhalait des cris, il l'entend prononcer d'une voix lamentable ces paroles : *Je recommence des siècles de tourments*. Omégare attendri verse des pleurs. Au même instant Dieu permet que le tableau de sa postérité se déploie à ses regards. Il découvre dans une plaine aride, sous un ciel ténébreux, ses enfants d'une forme hideuse, aussi cruels que difformes, se faisant une guerre atroce et perpétuelle; il les voit assis

autour de tables ensanglantées, couvertes
des membres de leurs frères, dont ils se
disputaient les lambeaux palpitants qu'ils
dévoraient. A ces images horribles, il
recule épouvanté, il jure d'obéir à Dieu
plutôt que de donner le jour à cette race
infâme. A peine a-t-il formé ce dessein,
qu'Omégare se sent animé d'un nouveau
courage; il est prêt à quitter Syderie;
mais avant de prendre la fuite, il veut lui
laisser un monument qui l'instruise de
son innocence. Il aperçoit à sa droite
les restes d'une colonne renversée. Avec
les débris dispersés autour de sa base,
il élève sur la route un autel, où par le
secours d'une pierre tranchante, il grave
ces mots en grands caractères : *Omégare*
*n'est point coupable.*

Ensuite il se prosterne contre terre
et fait à Dieu cette courte prière : O toi
qui vois ma douleur, si tu récompenses
la vertu qui s'immole, conduis dans ces
lieux Syderie, qu'elle lise cet écrit, et
qu'elle ne meure pas sans connaître l'innocence d'Omégare ! Et toi, père des
hommes, dont je vais abréger les sup-

plices ; et vous, mânes du genre humain,
qui me redemandez la vie, soutenez mon
courage qui chancelle. Il dit, et sans dif-
férer plus longtemps, Omégare reprend
la route de la capitale des Français, et
renonce à Syderie.

# CHANT HUITIÈME.

Lorsque la vertu dit à l'homme : Monte sur mes autels, découvre ton sein, je veux t'immoler ; s'il résiste à ses ordres, elle l'en punit aussitôt ; elle livre son cœur à des bourreaux impérissables, aux remords qui le tourmentent, et qui, acharnés sur leur proie, y restent attachés et la suivent jusque dans les enfers : mais s'il veut obéir à sa voix, à peine a-t-il formé ce dessein, la vertu reconnaissante conduit la paix dans son âme agitée, elle dissipe les orages, et sa voix plus douce que celle des flatteurs, lui donne sans cesse des éloges que la vérité répète avec elle.

Omégare, surpris, éprouve à l'instant ces heureux effets. Le cours impétueux

de ses passions se modère et s'arrête.
Un jour doux commence à pénétrer dans
son âme ; le calme y renaît, Omégare
ose y descendre, et s'interroger sur lui-
même et ses intentions. Fier des réponses
qu'il en reçoit, il regarde le ciel avec
assurance. Le souvenir d'un Dieu qui
règle l'univers, le console. Que les anges
sonnent la trompette qui doit réveiller
les morts ; que la terre s'écroule, que le
soleil et les astres s'éteignent, ses regards
en soutiendront le spectacle avec courage ; Omégare est digne d'assister au
dernier jour de la terre.

Déjà des présages terribles l'annoncent.
Du fond des cavernes et des antres, il
sort des sons lamentables et plaintifs : on
entend dans les airs des voix nombreuses
qui gémissent ; toutes les feuilles des
forêts s'agitent d'elles-mêmes ; les animaux épouvantés poussent des hurlements,
prennent la fuite et se jettent dans des
précipices. Les cloches ébranlées par une
force inconnue, répandent au loin les
accents lugubres de la mort : on dirait
qu'elles sonnent le trépas du genre hu-

main. Les montagnes s'ouvrent et vomissent des tourbillons de flamme et de fumée. Les flots de l'Océan deviennent livides, et sans être soulevés par les vents et les tempêtes, ils mugissent, ils se brisent avec fureur contre les rivages, en roulant des cadavres. Toutes les comètes qui, depuis la création, avaient effrayé les hommes, se rapprochent de la terre et rougissent le ciel de leurs chevelures épouvantables ; le soleil pleure, son disque est couvert de larmes de sang.

Ces présages ne sont point trompeurs. L'Eternel avait écrit aux livres des destinées qu'il conserverait la terre tant que le genre humain aurait la puissance de s'y perpétuer. Il voit que Syderie ne survivra point à la fuite d'Omégare, et que la seule femme féconde parmi les hommes va périr. Libre de ses promesses et des lois qu'il s'imposa, Dieu donne le premier signal de la résurrection des morts. Les cieux y répondent par des cris d'allégresse ; les enfers en frémissent ; ses habitants s'enfoncent dans les flammes pour s'y cacher. Des anges, placés aux pieds du trône de Dieu, sonnent les trompettes du dernier jour, dont les éclats sont entendus jusqu'aux limites de l'univers. Aussitôt les corps qui recèlent des substances de l'homme se hâtent de les rendre. Au nord, la glace se rompt pour leur donner un passage. Sous les tropiques, l'Océan bouillonne et les vomit sur ses rives. Ils sortent des tombeaux qui s'ouvrent, des arbres qui se fendent, des rochers qui se brisent, des édifices qui s'écroulent. La terre est un volcan immense d'où, par un nombre infini de bouches, s'élancent des ossements et des cendres.

A l'aspect des tombeaux ouverts, des ossements sortis des entrailles de la terre, des cendres humaines éparses dans les airs, Omégare est oppressé de terreur; ses cheveux se hérissent, il s'arrête; il craint de fouler aux pieds la poussière qui lui paraît vivante. Soulevé sans cesse par les mouvements onduleux de la terre, comme s'il voguait sur les flots, et se soutenant à peine, il s'appuie contre

un arbre, le serre dans ses bras, ferme
les yeux et se résigne à la mort, ainsi
que des navigateurs qui, ne pouvant plus
combattre la tempête, et livrant leurs
voiles à la furie des aquilons, pâles et
tremblants, attendent le flot qui va les
submerger ou les briser contre les rochers.

Trois heures suffisent pour l'éruption
des dépouilles humaines, tant elle est
violente et rapide! sitôt que Dieu, qui
sait le nombre des atômes de l'univers,
et dont les regards percent les replis les
plus déliés de la nature, voit que la terre
a rendu les cendres des hommes, il veut
qu'elle se repose. Aussitôt l'Océan rappelle sur ses rivages ses flots débordés et
furieux : les vents prennent la fuite, se
précipitent les uns sur les autres, et ren-
trent en grondant dans leurs cavernes. Un
morne silence succède à cette tempête
universelle ; Omégare est étonné de vivre
encore, il n'ose croire au retour du calme.
Il écoute !...... Aucun bruit ne frappe ses
oreilles. Il se détache de l'arbre qu'il em-
brassait, et se hasarde à jeter les yeux

sur les objets qui l'environnent. Ô surprise! ils sont si défigurés qu'il peut à peine les reconnaître; les dépouilles humaines, en sortant des corps qui les retenaient, les ont mutilés ou détruits. Ici, des montagnes ont perdu la moitié de leurs bases, et paraissent comme suspendues dans l'air. Là, des villes entières ont disparu sous les cendres qui les couvrent. Dans tous les lieux consacrés aux sépultures des hommes, des gouffres effroyables se sont ouverts. Il n'est point d'arbres, de plantes, de rochers, d'édifices qui soient entiers, et qui ne présentent des figures effrayantes ou bizarres.

A ce spectacle de la destruction générale de tous les corps, Omégare lève ses mains reconnaissantes vers le ciel : sa vie, au milieu des débris de l'univers, lui paraît un prodige. A chaque regard qu'il jette sur les ruines qui l'entourent, il se dit qu'un Dieu l'a couvert de ses ailes. Cette pensée bannit de son âme la terreur qui l'avait comprimée; il commence à croire que cette secousse n'est peut-être qu'un prélude éloigné de la résurrection des morts. Déjà l'espérance, qui revient à ses côtés, le console : il poursuit sa route, et parvient aux lieux où fut la capitale de l'Empire français.

C'est là qu'il croyait choisir un asile pour la nuit, et s'y remettre des peines cruelles qu'il avait éprouvées ! Hélas ! combien cette espérance était vaine ! et que le temps apporte de changement aux choses humaines. Paris n'était plus : la Seine ne coulait point au milieu de ses murs ; ses jardins, ses temples, son Louvre ont disparu. D'un si grand nombre d'édifices qui couvraient son sein, il n'y reste pas une chétive cabane où puisse reposer un être vivant. Ce lieu n'est qu'un désert, un vaste champ de poussière, le séjour de la mort et du silence. Omégare jette les yeux sur cette triste étendue, et n'y voyant que des cendres entassées, il dit tout ému : Sont-ce là les restes de cette ville superbe dont les moindres mouvements agitaient les deux mondes ? Je n'y trouve pas une ruine, une seule pierre sur laquelle je puisse verser mes larmes ; et moi, je craindrais de voir périr la terre, ce tombeau de l'homme et de ses établissements !

Tandis qu'il marche enseveli dans ces pensées, il découvre au loin une statue échappée à ses regards. Omégare se demande par quel prodige elle survit entière à tant de monuments plus durables qu'elle, et dont les ruines mêmes ont péri. La route qu'il suivait le conduisait à ses pieds ; il s'en approche, il la contemple ; il juge, aux divers attributs qui la décorent, qu'elle représente un ancien souverain des Français. Sa base est couverte d'inscriptions : il les parcourt, et lit ces mots : « Je suis né sous le ciel de l'Afrique ; j'ai » voulu voir l'Europe : en passant par » ce lieu, j'ai rétabli ce piédestal que le » temps avait dégradé. » Omégare lit dans un autre endroit. « Lima fut mon » berceau ; curieux de connaître la se- » conde Athènes, j'y trouvai cette statue » renversée ; je l'ai relevée, secouru par » des amis qui m'ont suivi dans ce » voyage. » Enfin, Omégare lit ailleurs : « Je suis un statuaire né sur les rives du

» Gange ; j'ai campé deux mois dans ce
» désert pour restaurer ce monument tout
» entier. »

Il faut, dit Omégare, que le grand
homme dont je vois les traits, ait été bien
cher à la postérité. Quoi ! tant de siècles
écoulés, tant de révolutions qui firent
oublier jusqu'aux noms des empires qui
brillèrent sur la terre, n'ont pas eu le
pouvoir d'affaiblir l'intérêt que ce prince
inspira ! Sa statue, objet du culte et de
l'amour des hommes, s'est conservée par
leurs soins ; le genre humain l'avait
prise sous sa sauvegarde, et tous les
étrangers qui passaient par ces lieux,
s'étaient fait un devoir sacré de la ré-
parer ! ah ! je ne sortirai pas d'ici sans
connaître le héros qu'elle représente. Il
cherche avidement son nom, les lettres en
étaient presque effacées, il parvient à les
lire, et découvre que ce grand homme
s'appelait Napoléon Ier. Ce nom était
connu d'Omégare, il savait même que
ce monarque fut au rang de ses aïeux,
il lève vers lui des mains respectueuses,
et lui dit : O mon père ! s'il est vrai que

les mânes des morts soient consolées par
les hommages qui leur sont accordés sur
la terre, reçois encore ce tribut de l'amour
et du respect des hommes ; il sera le
dernier, mais ton nom ne pouvait pas
vivre plus loin dans la mémoire. En
disant ces mots, il arrose de ses pleurs
la statue de ce grand homme.

Depuis le départ d'Adam, Omégare
n'avait pu verser des larmes, le désespoir
les avait taries dans ses yeux, il se
mourait ainsi qu'une plante que les feux
du soleil ont flétrie ; les pleurs qu'il répand, plus doux que la rosée, le soulagent, le raniment. Sa douleur en
s'exhalant ne pèse plus sur son âme
oppressée ; il ne lui reste plus que la
fatigue des combats qu'il a rendus. Abattu
comme un malade qu'une fièvre violente
vient de quitter, il demande au ciel pour
grâce dernière, de guider ses pas vers
une grotte ou quelque autre asile, avant
que la nuit l'ait enveloppé de ses ténèbres.

Ses vœux sont exaucés : il sortait de
l'enceinte de Paris, Omégare aperçoit,

dans le lit même où la Seine aima si
longtemps à conduire ses eaux, une
maison solitaire et simple. En voyant
cet asile que la Providence lui présente,
Omégare sent un rayon de joie entrer
dans son cœur. Certain d'une retraite
pour la nuit, il ralentit sa marche, il
s'arrête, se tourne vers le couchant,
considère la nature et le soleil, qui,
près d'achever sa course, touchait déjà
les bords de l'horizon. Ce spectacle qu'O-
mégare avait vu souvent avec indifférence,
l'attendrit ; il pense en lui-même que
peut-être cet astre ne reviendra plus
éclairer le monde et va s'éteindre pour
jamais dans l'Océan. Il fait au soleil ses
derniers adieux ; il lui rend grâces au
nom des hommes des biens qu'il ne cessa
de verser sur eux dans sa course infatigable ; ensuite jetant les yeux sur les
ossements et la poussière des humains
qui couvrent la surface de la terre, il leur
adresse ces paroles : O hommes, quel prix
vous devez vous estimer ! cet astre, le
plus bel ouvrage du créateur, et que des
peuples adorèrent comme le Dieu de

l'univers, va périr, tandis que vous allez renaître immortels sur les cendres des soleils éteints.

Il parlait encore, l'astre de la lumière disparaît de l'horizon, et le crépuscule ne vient point comme à l'ordinaire consoler la terre de son absence. Ce n'est pas que le soleil ait péri ; mais la Nuit, son implacable ennemie, le voyant toucher à son heure dernière, s'est hâtée de monter sur son char d'ébène. La joie étincelle dans ses yeux ; elle appelle les Ténèbres et leur adresse ce discours :
« Je ne sais si vous avez oublié la
» noblesse de votre origine ; éternelle
» comme Dieu, rappelez-vous le temps
» où je régnais avec vous sans partage
» sur le chaos et l'étendue. O jour af-
» freux, où Dieu créa le soleil, dont les
» premiers regards me mirent en fuite !
» Depuis cet instant, moi qui suis la
» mère du repos, je ne pouvais pas en
» jouir : dans quel avilissement j'étais
» tombée ! Asservie aux caprices de l'astre
» du jour, il ne me rendait l'empire des
» cieux qu'après s'être fatigué à les par-

» courir ; encore du lit de son repos pré-
» nait–il plaisir à me troubler par l'éclat
» réfléchi de sa lumière, et bientôt il
» revenait me chasser avec ignominie. O
» ténèbres! ô mes fidèles compagnes! ô
» vous qui partagiez ma douleur et ma
» honte, apprenez que le règne de ce do-
» minateur insolent va finir. Regardez ce
» soleil superbe qui , dans sa marche
» triomphale, insultait aux astres, à vous,
» à la nature entière! voyez comme la
» douleur obscurcit son front orgueilleux!
» Déjà ses rayons l'abandonnent : hâtons-
» nous d'achever un ennemi qui se meurt,
» et reprenons l'empire du firmament qui
» nous appartient. »

A ces mots, la Nuit fait signe aux Ténèbres de la suivre, elle ne monte plus sur
l'horizon avec cette lenteur timide et
respectueuse d'un esclave qui craint de
s'approcher de son maître, elle franchit
les barrières de l'Océan avec toute la vitesse de ses coursiers, et dans un instant
elle enveloppe les cieux.

Omégare, surpris par les ténèbres, né
parvient qu'avec peine à la maison qu'il

avait aperçue : aucune porte n'en défendait
l'entrée. Il avance à pas lents sous un
vestibule obscur qu'il cherche à reconnaître ; ensuite passant à droite dans la
chambre voisine, il croit y voir, à travers
les ais d'une porte que le temps a séparés,
les rayons d'une faible lumière. Cette
maison serait-elle habitée ? Omégare va-
t-il dans ses peines trouver des consolateurs ? Il ouvre cette porte, le cœur
palpitant d'espérance et de joie. Une lampe
qui ne s'éteignait jamais et qu'on appelait
immortelle, éclaire ce lieu ; vis-à-vis la
porte, au-dessus d'un lit de repos, une
pendule séculaire marche encore, et marque la neuvième heure du soir. A gauche,
sur un lit placé dans une alcove profonde,
un cadavre est étendu ; c'est le corps de
Tibès, qui fut le dernier habitant de cette
maison. Proche ce lit, son épouse repose
dans un cercueil ouvert. C'est Tibès qui,
pour charmer les ennuis de l'avoir perdue,
lui fit ce mausolée, ouvrage de sa douleur,
qu'il arrosa de ses larmes. Lorsqu'il fut
achevé, lui-même y déposa son épouse
qu'il avait embaumée ; ensuite il grava sur

sa tombe ces paroles touchantes : *Tu seras encore ma compagne après ta mort.* Depuis ce moment, il ne traîna plus que des jours languissants : bientôt il sentit ses forces l'abandonner ; alors il n'osa plus sortir de cette chambre, craignant que la mort ne le frappât loin de son épouse. Enfin Tibès expira sur ce lit avec le seul regret de n'être pas enfermé dans la même tombe avec elle.

Omégare examine cette chambre avec des yeux attentifs, il les arrête sur Tibès, qui n'est plus qu'un squelette ; il considère le mausolée dont il lit l'inscription. Ces mots : *Tu seras encore ma compagne après ta mort,* réveillent dans son cœur des sentiments douloureux. Il les relit une seconde fois les yeux humides de larmes. Ainsi, dit-il, j'aurais aimé Syderie au-delà de son trépas et jusqu'à mon dernier soupir : ils furent heureux ensemble ; ils ont joui d'un bonheur qu'à peine j'ai goûté.

Cependant Omégare veut connaître cette maison qu'il croit toujours habitée. C'est une espérance qu'il n'a point perdue. Il

prend la lampe immortelle ; il passe dans
un cabinet ou Tibès avait réuni les chefs-
d'œuvre de la pensée humaine : c'est là
qu'il avait passé les heures les plus douces
de sa vie, et qu'après la mort de son
épouse il se consola de vivre encore.
Omégare, en parcourant des yeux ces
livres que leur beauté sauva de la dent
vorace du temps, croit voir rassemblés
devant lui les plus grands hommes de la
terre. Les voilà donc, dit-il, ces ouvrages
que l'homme appela si vainement immortels ; demain peut-être ils n'existeront
plus. Ah ! que cet univers périsse, je ne
regrette point une demeure qui tombe en
ruines de toutes parts ; mais je pleure sur
ces écrits que l'impression rajeunissait sans
cesse, et qui sont aussi beaux que si leurs
auteurs venaient de les publier. Quelle est
donc cette excellence d'un Dieu, qui regarde comme le néant les productions de
l'esprit humain et les livre à la mort ?

Omégare, incertain s'il doit accuser
Dieu de barbarie, voit sur la table du
cabinet un papier que Tibès écrivit quelques jours avant sa mort, et qui conte-

nait ces mots ; « Rien n'est digne ici des
» regrets du sage : pourquoi conserver
» des écrits sur la terre et les astres, qui
» bientôt ne seront plus? sur l'homme,
» dont la nature va changer? sur les lan-
» gues, qui ne seront plus parlées? sur
» Dieu, que les plus grands génies n'ont
» pas compris? Quel ouvrage plus magni-
» fique que le soleil sortant des mains
» du Créateur? il périra. Pourquoi Dieu,
» qui ne sauvera point de la mort ses
» œuvres, épargnerait-il celle de l'homme?
» il est la seule beauté de la nature. »

Omégare, frappé de ces grandes vérités, reste confondu de la vanité des choses
humaines! la petitesse de l'homme l'effraie, il ne voit plus que Dieu dans l'univers; il se fait un tableau sublime de sa
grandeur, du séjour qu'il habite et du
bonheur qu'il réserve aux justes.

Omégare, en sortant du cabinet des
livres, entre dans une salle où le pré-
voyant Tibès fit un amas considérable que
les arts, qui furent les enfants du besoin,
avaient appris à conserver. Aussitôt qu'il
a réparé ses forces épuisées, le sommeil

s'approche de lui, touche ses paupières
avec ses doigts pesants, et lui fait respirer
la vapeur enivrante de ses pavots. Omégare, près de céder à leur puissance, se
rappelle avoir vu, sous la pendule séculaire, un lit de repos. Il revient à la chambre de Tibès, où d'heureux pressentiments
l'attirent, et l'avertissent que depuis son
absence, de grands prodiges s'y sont opé-
rés. Pendant ce trajet, il est agité sans
connaître pour quelle cause ses sens sont
émus. En touchant le seuil de cette chambre, il est saisi d'une sainte terreur,
comme s'il entrait dans le sanctuaire de
la Divinité. Les premiers objets qui frappent ses yeux, sont des nuages d'or et
d'azur qui répandent les plus doux parfums, et qui flottent suspendus sur le lit
de Tibès et la tombe de son épouse.
Omégare, qui se croit en présence de
Dieu, n'avance que lentement et d'un pas
timide vers le lit de Tibès ; il le cherche
des yeux. O spectacle qui l'interdit ! il ne
le retrouve plus ! un jeune homme a pris
la place de Tibès ; des couleurs vives animent son visage ; il n'a de la mort que

l'immobilité. C'est avec peine qu'Omégare
en croit ses yeux ; il regarde dans le cercueil si l'épouse de Tibès y respire encore :
elle est aussi disparue, ou plutôt c'est elle
qui, comme son époux, a repris le premier éclat de sa jeunesse : ses cheveux
blonds reviennent bouclés sur son sein, et
lui servent de vêtement ; un tendre incarnat colore ses joues, le sourire est sur
ses lèvres, on la dirait endormie et livrée
à des songes agréables.

Dieu vient de ressusciter Tibès et son
épouse ; ils ne sont privés que de leurs
âmes, qui toujours errantes au séjour des
ombres, tristes, inquiètes, désirant animer
les corps dont elles furent séparées, attendent avec impatience cet heureux instant. Omégare ne se lasse point de contempler Tibès et son épouse, il croit déjà
les voir se lever ensemble du lit de la
mort ; il se représente leur surprise et
leurs transports, et voudrait être le témoin
d'un si doux spectacle ; il adore, dans
cette résurrection, la main du Créateur ;
il juge que le terme de ses peines n'est
pas éloigné, qu'enfin les corps de tous les

hommes s'organisent ainsi dans l'univers, et que cette nuit est peut-être consacrée à cet ouvrage.

Alors la pendule séculaire, en sonnant la dernière heure du jour, tire Omégare de sa rêverie. Ces coups lugubres qui, frappés douze fois par l'horloge du temps, retentissent dans le silence des ténèbres, l'affectent douloureusement. Il dit d'une voix triste : *Le dernier jour de la terre commence.* Il reste recueilli quelques instants, les yeux arrêtés sur l'aiguille des heures, en songeant que le temps, après avoir tout dévoré, va finir et céder à l'éternité : la tristesse s'empare de son âme, il est sensible au sort d'un si grand nombre d'êtres qui tiennent à l'homme, et dont la destruction s'avance. Lui-même ne se dissimule pas que son heure est arrivée, et que la mort, pour le surprendre, attend peut-être qu'il repose dans les bras du sommeil : il se la représente à ses côtés, appuyée sur sa faulx, teinte du sang de tous les hommes, impatiente de frapper sa dernière victime. La solitude qui l'entoure, l'effraie, il frissonne d'horreur, il

sent que l'homme sur le point de mourir a
besoin d'un consolateur. Les larmes qu'il
répand ne le soulagent pas; il voudrait
que Syderie, inquiète et conduite par le
génie de la terre, accourût dans ses bras,
dussent tous les malheurs prédits par le
père des hommes tomber sur sa tête!
Mais quels vœux j'ai formés! reprend-il.
Comment Syderie viendrait-elle dans ce
lieu? j'ai trop bien su lui dérober ma
fuite; j'ai mis trop de distance entre elle
et moi : peut-être, hélas! tandis que je
parle, elle rend les derniers soupirs. Cette
image de la mort de Syderie achève de
déchirer son âme près de tomber dans le
désespoir; il tourne ses regards vers le
ciel, et fait à Dieu cette prière :

O toi qui m'as conservé dans ce jour
terrible, je ne vis que pour souffrir :
abrége-moi la vie; mes maux ont surpassé mes forces. Si Syderie respire toujours, adoucis pour elle les horreurs de la
mort; peins-lui dans le miroir des songes
tout ce que j'ai souffert, ma douleur, mes
combats et mes larmes; je l'ai trop affli-
gée pour demander qu'elle m'aime encore;

permets seulement qu'elle meure sans haïr l'auteur de ses peines ; c'est le désir de mon cœur affligé. Daigne m'exaucer, ô mon Dieu ! tu ne recevras plus la prière d'aucun mortel. Repousseras-tu les derniers vœux de l'homme qui t'implore ?

Omégare, à ces mots, baisse les yeux et les arrête sur l'épouse de Tibès ; la sérénité est peinte sur son front, la joie intérieure et céleste que son visage semble exprimer se communique à l'âme d'Omégare ; sa douleur se dissipe, son courage renaît ; il conjure le ciel de lui pardonner les plaintes qui lui sont échappées, et sans vouloir hâter les moments de la Providence, il s'endort paisiblement dans son sein.

# CHANT NEUVIÈME.

Qu'elle est admirable la variété que le Créateur sema dans ses ouvrages ! S'il l'a répandue sur la terre avec profusion, mortels, levez vos yeux, considérez le ciel, la même richesse éclate au firmament. De quels feux différents brillent les soleils qui l'éclairent ! Par combien de mouvements opposés ils sont emportés dans l'espace ! Comme ils diffèrent malgré leur nombre infini, par les orbites qu'ils décrivent, par leur forme et par leur splendeur! Ici les planètes toujours couvertes de fleurs et de fruits ressemblent à des jardins délicieux, à des champs élysées, dont les habitants paraissent les dieux de la nature. Là, stériles et déserts, ce sont des ruines qui parcourent le firmament,

des amas de rochers où des reptiles veni-
meux et des bêtes féroces se disputent de
vils aliments. Plus loin, des soleils d'une
grandeur immense sont des fournaises de
feux ardents, d'où jaillissent sans cesse des
torrents de lumière dont ils inondent l'espace. Ailleurs, pâles et presque éteints,
ils ne jettent qu'une clarté mourante.
Ainsi Dieu varia la destinée des hommes.

Dès qu'Omégare, soumis au père des
humains, eut résolu d'abandonner Syderie,
le ciel touché de son obéissance, commence par adoucir ses peines. En vain
mille dangers le menacent au milieu du
bouleversement de la terre, les ruines du
monde ne peuvent le frapper. Il trouve sur
sa route un monument qui lui peint en
traits de flammes l'amour que la postérité
conserva pour un héros qui fut au rang de
ses aïeux. Ensuite une main invisible le
conduit à la maison de Tibès, où le créateur qui vient l'habiter avec lui, prélude
sous ses yeux à la résurrection des morts.

Que Syderie éprouvait un sort bien dif-
férent! Délaissée d'Omégare, sans connaître la cause de cet abandon, seule dans

le jour le plus terrible de l'univers, avec quelle vitesse elle parcourt tous les degrés du malheur ! Si l'espoir d'un meilleur sort vient la réjouir un instant, cette joie perfide s'évanouit aussitôt, et son espérance trompée met le comble à son infortune. Ainsi, le nautonnier que la tempête jette au milieu des ondes écumantes, et qui nage avec effort vers les débris de son vaisseau, au moment qu'il étend les bras pour les saisir, une vague furieuse l'emporte et l'entraîne au fond de l'abîme.

Syderie, après avoir fait ses adieux à son époux, au père des humains, sent aussitôt de funestes pressentiments qui s'élèvent dans son âme, et l'avertissent des malheurs qui l'attendent. Elle se repent d'avoir quitté son époux, et craignant de l'avoir perdu pour jamais, elle voudrait le revoir encore. C'est avec lenteur qu'elle s'éloigne de lui, dans l'espérance qu'il va peut-être la rappeler. Elle s'étonne qu'elle n'ait pas eu le courage d'entendre, en présence d'un étranger qui ne la connaît point, le récit de ses faiblesses. Elle se reproche sa honte. Prête à revenir sur ses pas pour révéler les craintes qui l'agitent, cette même honte, plus forte qu'elle, la retient toujours. A mesure qu'elle approche de sa demeure, elle croit se plonger dans un abîme de maux. Elle redoute l'avenir, et voudrait arrêter le moment présent qui s'envole.

Elle entre au palais à l'instant où l'astre du jour marque la dixième heure du matin; elle prépare le repas de ses hôtes avec une négligence distraite, comme si les soins qui l'occupent devaient être perdus. Son esprit est aux lieux qu'elle a quittés. Certaine qu'Omégare poursuit l'histoire de leurs amours, elle achève avec elle-même ce récit, qu'elle croit entendre de la bouche de son époux. Tant que dure cette illusion qui charme ses ennuis, elle est paisible; mais à peine a-t-elle jugé que ce récit doit être terminé, Syderie, inquiète, ne reste plus en place, elle va sans cesse sur la terrasse du palais, d'où ses regards cherchent Omégare, et l'appellent en vain. Son esprit s'épuise à deviner la cause du retard qui l'alarme; elle commence à craindre ce vieillard, qu'elle avait vu d'abord sans défiance. Elle se rappelle avec effroi son apparition dans ces lieux qui sont inhabités. Le caractère singulier de sa figure, les diverses passions qui s'y peignaient à la fois, un mélange inexprimable d'inquiétude, de rigueur et de pitié, Syderie ne comprend pas pourquoi toutes ces choses qui l'effraient en ce moment, ne l'avaient pas frappée. Elle passe dans ces craintes quatre heures, dont la durée lui paraît infinie. C'est alors qu'elle désespère du retour de son époux, et qu'elle veut aller sur le lieu même chercher la vérité qu'elle craint. Elle part; dans le trajet, ses genoux tremblants se dérobent sous elle. Syderie arrive tout éperdue à la grotte où le père des hommes était assis. Ils sont disparus. Ses regards embrassent dans un seul instant l'horizon qui l'entoure; Omégare ne s'offre point à ses yeux. Elle veut encore douter de ses malheurs. M'aurait-il abandonnée, dit-elle, moi qui vivais pour lui seul, moi qui, pour le suivre, quittai mon père, ma patrie et les compagnes de ma jeunesse! Si quelque ordre céleste, que j'ignore, eût exigé de lui ce sacrifice, pourquoi me le cacher et me fuir en homme coupable. Sa tendresse pour moi ne s'était point affaiblie. N'eût-il pas voulu soutenir mon courage et me consoler par ses derniers adieux? M'eût-il enfin livrée au désespoir, à la mort, à l'affreux soupçon de le croire un parjure? Je ne puis le penser. Omégare aura suivi, pour se rendre au palais, une route qui m'est inconnue, et peut-être dans ce moment il m'y appelle, et s'y plaint de mon absence.

Elle veut y retourner, mais avant de quitter ce lieu, Syderie l'examine d'un œil plus attentif. Elle considère s'il n'y reste pas de vestiges d'Omégare. Hélas! fatal examen qui l'éclaire! Soudain son visage pâlit, sa tête s'incline sur son sein, ses yeux se remplissent de larmes. Il est parti, dit-elle, il me fuit, je ne puis plus en douter. Je vois ses pas imprimés sur la terre et tournés à l'orient vers la capitale des Français. Syderie n'a point la force de proférer d'autres paroles; ses yeux restent fixés sur les traces d'Omégare, on dirait qu'elle veut mourir en les regardant. Il est parti! reprend-elle. Eh! quelle était

mon erreur de penser qu'il m'eût fait ses
adieux ! Le perfide a craint ma douleur et
mes larmes ; il n'en eût pas supporté le
spectacle, je l'aurais fléchi, tout barbare
qu'il est, ou je serais morte à ses pieds.

Syderie garde quelques moments le silence : elle roule dans son esprit divers
projets. Il ne me reste qu'un parti, dit-
elle ; c'est depuis quatre heures seulement
qu'il a pris la fuite. Ces traces, qu'il n'a
pu me dérober, peuvent me guider. Je
veux le poursuivre, l'atteindre, et s'il est
vrai qu'il m'ait abandonnée, je saurai quels
sont les crimes que j'ai commis.

Elle dit, et plus légère que les vents,
elle semble avoir des ailes. Les yeux attachés sur les pas d'Omégare, elle suit fidè-
lement la route qu'il a prise, elle aperçoit
bientôt la pierre qu'il avait élevée sur le
chemin. Elle approche, y voit des caractères nouvellement tracés, elle reconnaît
la main de son époux. Elle en tressaille
de joie, comme si c'était Omégare lui-
même. Elle croit qu'il va l'instruire des
causes de son départ, et rassurer son
âme inquiète. Elle lit avidement l'inscrip-

tion. Ces mots : *Omégare n'est point cou-pable*, ne jettent d'abord dans son esprit qu'une triste obscurité. Je ne puis, dit-elle, en pénétrer le sens ; mais ils me sont d'un sinistre augure. Omégare prétend qu'il n'est point coupable ; je ne l'accuse d'aucun crime. Eh! n'était-il pas plus pressant de me dire dans quels lieux il est allé, pour quelle cause il est parti, s'il doit revenir !

Syderie relit l'inscription ; elle la médite. La sombre lumière qu'elle renferme en sort lentement, et se présente aux yeux de Syderie. Ah! dit-elle avec l'accent du désespoir, je ne comprends que trop le sens funeste de ces mots. Omégare m'abandonne, c'est le seul crime qu'il ait commis, le seul dont il craint que je l'accuse ; il veut peut-être que je le rejette sur le vieillard qui l'accompagne, sur le ciel. Que sais-je? il me livre à tous les soupçons, et sans doute il est satisfait si je le crois innocent. Voilà donc au moment d'une séparation si cruelle, la seule inquiétude qui l'agitait! il n'a pas craint de déchirer mon âme, il n'a craint que de paraître coupable à mes yeux, et peut-être il prétend, lorsqu'il me perce le sein, que ce soit moi qui l'excuse et le plaigne !

A ces mots, elle verse des torrents de larmes, dont sa douleur n'est point soulagée. Que j'aurais bien mieux fait d'ignorer la vérité que je suis venue chercher ! Ne pouvant croire qu'Omégare m'eût abandonnée, j'aurais vécu soutenue par l'espoir de son retour, je l'aurais quelquefois attendu. Je perds encore cette faible espérance qui m'eût consolée.

L'excès de ses maux la rend quelque temps comme insensible. Elle reste muette, immobile ; mais la colère surmonte bientôt sa douleur. Il n'est point coupable, dit-elle ! Eh ! n'est-ce pas lui qui m'a amenée dans ces déserts, dont j'aimais l'horreur pour lui seul ! N'est-ce pas lui qui m'y laisse en ce jour privée de tout, sans une amie qui puisse essuyer mes larmes ! Il sait cependant que je ne survivrai point à sa fuite. Il a fallu qu'avant de me quitter il m'ait dévouée à la mort ; voilà ses crimes ! et il dit qu'il n'est point coupable !

Syderie, après avoir exhalé de la sorte sa colère, reprend des sentiments plus doux. La pensée qu'Omégare est coupable lui cause un tourment qu'elle ne peut supporter. Elle la combat, la repousse, et pour soulager ses peines, elle veut croire à l'innocence de son époux. Hélas! dit-elle, suis-je certaine que sa fuite est volontaire? et tandis que je l'accuse, qui sait s'il ne gémit point ailleurs d'être séparé de moi? Qui sait si ce vieillard n'est point un envoyé de Dieu, qui, secondé par les puissances célestes, l'a forcé de m'abandonner, sans lui permettre de m'instruire de nos malheurs communs! Ah! que je crains bien que les dernières paroles d'Ormus ne soient accomplies! Dieu réprouvait notre hyménée, il vient peut-être d'en rompre les nœuds funestes! Oui, voilà l'affreuse vérité tout entière. Omégare n'est plus mon époux, et mes malheurs sont sans remède. A ces mots, elle garde un silence farouche. Ses regards considèrent toujours les vestiges de son époux, et ne peuvent les quitter. O ciel! reprend-elle en pleurant, voilà donc tout ce qui me reste d'Omégare! il m'est au moins avantageux que ces lieux sauvages ne soient point habités, je n'y perdrai point la trace de ses pas. Je vais le poursuivre et l'atteindre, s'il me reste encore quelques heures à vivre.

Elle dit, et veut avancer, mais l'excès de ses douleurs vient d'épuiser ses forces. Ses genoux défaillants refusent de la porter; elle chancelle et tombe évanouie sur la pierre qu'Omégare avait élevée. Seule, privée de tous les secours, Syderie va-t-elle périr! O trop heureuse dans ses maux si la mort les abrégeait! Le réveil le plus terrible l'attend. Elle revient à la vie au moment où commence l'éruption des dépouilles humaines, où la terre ouvrant de toutes parts ses entrailles, lance dans les airs les cendres des hommes! Syderie ne sait dans quels lieux elle respire, tantôt elle pense que le sommeil enchaîne encore ses sens, et que le désordre qu'elle voit est illusoire et fantastique; tantôt qu'elle n'est plus au nombre des vivants, qu'elle est descendue chez les morts, ou dans des lieux voisins des enfers. Telle

qu'un être qui recevrait la raison avec la
vie, elle s'ignore, elle s'interroge, elle veut
chercher dans sa conscience, dans sa mémoire, ce qu'elle est, ce qu'elle fut, ses
efforts sont vains. Elle se lève. La pierre
qui lui servait de lit arrête ses regards.
Elle l'examine, elle en relit l'inscription.
Ces mots : *Omégare n'est point coupable,*
sont pour elle un trait de lumière qui dissipe la nuit où son âme est plongée.
Elle se reconnaît : tous ses malheurs s'offrent à la fois à son esprit. Hélas ! dit-
elle en poussant un soupir, je voudrais
qu'Omégare m'eût vue presque mourante
sur cette pierre où j'étais étendue ! Dirait-
il encore qu'il n'est point coupable ! Elle
reprend le projet de le poursuivre, au
milieu même du bouleversement de la
nature et de mille dangers qu'elle va courir. Elle cherche les vestiges qu'il a laissés.
Mais, ô douleur inattendue ! elle ne les
retrouve plus. Comme les flots de la mer,
en sortant de leur lit, effacent les sillons
des chars et les pas du voyageur imprimés
sur le sable des rivages, ainsi les traces
d'Omégare sont évanouies ; ici, la terre en

s'ouvrant les a dissipées; là, les cendres
des hommes, en retombant sur elles, les
ont couvertes comme la neige couvre les
guérets, lorsque assis sur les sombres
nuages qui la portent, l'hiver la répand à
pleines mains.

Syderie n'écoute plus que son désespoir;
furieuse, elle suit au hasard la route qui
se présente; bien loin de craindre d'être
engloutie par la terre qui se ferme et
s'ouvre à chaque instant, ou de périr
écrasée par la chute des édifices et des
arbres, elle se réjouit des dangers qui la
menacent et ne cherche qu'à mourir. Telle
qu'une bacchante ivre du dieu dont elle
est prêtresse, qui, le thyrse en main, les
cheveux épars, remplit l'air de ses cris,
et court en se frappant le sein, elle s'é-
lance sur les montagnes, franchit les précipices. Elle appelle sans cesse Omégare;
tantôt des tourbillons de flammes l'enve-
loppent, elle tombe. Les débris des édifices
qui s'écroulent subitement la frappent, son
sang ruisselle des blessures qu'elle reçoit,
son visage, ses bras et ses vêtements en
sont couverts; ce n'est déjà plus cette

Syderie, la seule femme dont la beauté fût parfaite : elle est si défigurée que l'œil d'Omégare ne la reconnaîtrait plus.

Le retour du calme lui sauve la vie. Cette paix rendue à la nature ranime son courage, elle précipite ses pas. Impatiente, elle atteint par ses désirs chaque objet lointain qu'elle aperçoit; plus le soleil approche du terme de sa course, plus elle se hâte. Elle voudrait comme lui parcourir l univers dans un jour et l'embrasser par ses regards. C'est avec douleur qu'elle voit ses bords qui touchent l'horizon, et lui-même enfin disparaître à ses yeux.

Syderie espérait jouir encore de la douce lumière qui survit au jour ; quelle est sa surprise et sa douleur de se voir tout à coup enveloppée de ténèbres si profondes, qu'elles lui dérobent les cieux et la terre! Elle croit que Dieu, qui s'oppose à ses desseins, vient de commander à la nuit d'arrêter sa poursuite. Cette pensée la décourage ; elle éprouve cet anéantissement que le désespoir enfante dans une âme dont les chagrins et la fatigue ont épuisé la force, elle ne peut s'empêcher de se plaindre à Dieu de sa rigueur, et pour mourir, d'épuisement, Syderie poursuit sa route.

Elle avait avec peine gravi une haute montagne : parvenue au sommet, elle aperçoit au loin une faible lumière qui brille dans les ténèbres ; à cette vue, l'espérance qui l'avait abandonnée rentre dans son cœur ; qui peut, dit-elle, exister dans ces lieux et veiller à cette heure ? C'est Omégare, c'est lui, je ne puis en douter. Grand Dieu ! reprend-elle en levant ses mains au ciel, je te rends grâces de ce bienfait, c'est toi qui m'as conduite ; je t'avais injustement accusé de rigueur. Pardonne une plainte que mon infortune doit excuser à tes yeux ; je ne te demande plus qu'une seule grâce, donne-moi la force d'arriver jusqu'à cette demeure, je suis satisfaite si je puis voir Omégare et mourir à ses yeux. Elle dit, et marchant vers la lumière qui la guide, elle n'a plus le courage effréné qu'aucun danger n'étonne ; redevenue timide, elle frémit au moindre péril, le désespoir ne précipite plus ses pas, elle

modère sa vitesse et ménage ses forces,
qu'elle se repent d'avoir prodiguées. Près
de toucher à cette demeure désirée, elle
s'y croyait rendue, soudain ses membres
se raidissent, elle reste immobile de l'excès
de ses fatigues ; presque au terme de sa
course elle désespère d'y parvenir ; elle
veut appeler Omégare, mais sa voix expire
sur ses lèvres. Syderie forcée de prendre
du repos, s'assied sur la terre, verse des
larmes, et fait à Dieu cette courte prière:
Cesse, ô mon Dieu, de poursuivre une
faible créature qui t'a peut-être offensé,
mais dont le cœur toujours pur ne fut pas
complice de ses fautes ; je ne voulais que
revoir Omégare avant d'expirer, et tu me
refuses cette consolation au moment où
j'espérais en jouir ! j'adore ta volonté,
toute cruelle qu'elle est ; mais si tu voulais,
pour couper le fil de mes jours, que
j'eusse épuisé le calice de l'infortune,
frappe ta victime, mes malheurs sont
comblés.

Il semble que cette prière a soulagé son
cœur, et que Dieu, touché de ses peines,
vient de lui rendre ses forces ; elle se lève

avec des efforts douloureux, et se traîne à
pas lents jusqu'à cette demeure qu'elle
voit éclairée ; elle y parvient et frappe à
la porte. Ces coups qui retentissent dans
la nuit, à cette heure, à la suite de la plus
affreuse des journées, jettent la terreur
dans cette maison. Syderie prête l'oreille,
un silence profond y règne ; elle y frappe
encore et à coups redoublés, elle voit la
lumière qui change de place et s'avance
vers elle. Syderie est troublée, mille sentiments confus de joie, de crainte et
d'espérance s'élèvent dans son âme : Il
vient, dit-elle, c'est lui ; la porte s'ouvre,
un homme qui portait un flambeau, paraît
suivi de loin par son épouse tremblante et
à demi cachée derrière lui. C'étaient Policlète et Céphise qui reçurent Omégare
dans son premier voyage. N'osant se livrer aux douceurs du sommeil, tant
l'éruption des dépouilles humaines les
avait épouvantés, ils veillaient encore,
émus par la frayeur. Ces coups frappés à
leur porte par Syderie redoublent leur
effroi. Policlète pense que des morts sortis
de leurs tombeaux leur demandent l'hos-

pitalité. Céphise conjure en vain son époux de leur refuser un asile. Il se lève, elle veut le retenir, il lui répond : Ces morts furent des hommes, s'ils sont malheureux je dois les secourir. Le spectacle de Sydérie, pâle, défaite, souillée de sang et de poussière, les confirme dans leur pensée. Ils la prennent pour une ombre revenue du séjour des enfers, et n'osent lui parler. Syderie, trompée dans l'espérance de retrouver Omégare, reste muette de douleur. Elle allait entrer chez Policlète, mais craignant d'y recevoir des secours qui prolongeraient sa vie et ses malheurs, elle s'enfuit à la faveur des ténèbres. Ainsi sont accomplies ces paroles qui furent dites à Policlète, que la fin de ses alarmes serait prochaine, lorsqu'il verrait l'épouse d'Omégare sans la connaître.

Syderie succombe à l'excès de ses maux; à peine a-t-elle fait quelques pas dans la ville de Policlète, qu'elle sent le froid de la mort qui la saisit; elle pense n'avoir plus qu'un instant à vivre, elle entre dans un temple voisin dont les portes étaient brisées, elle s'assied sur les marches d'un

autel pour y rendre en paix ses derniers
soupirs.

C'était le moment où chez Thibès, Omé-
garè levait ses mains au ciel et le priait
d'adoucir les peines de son épouse. Sa
prière avait touché Dieu, qui, voyant
Syderie étendue sur les marches de ses
autels, seule, livrée à ses douleurs, est
ému de pitié sur son sort; il fait descendre
sur ses yeux la douce vapeur des pavots,
et dit aux anges qui veillent sur le sommeil
des mortels d'appeler autour d'elle les
songes consolateurs. Ils obéissent, ils entourent Syderie et lui présentent dans le
miroir des rêves mille songes agréables.
Elle se croit transportée dans un vallon
charmant dont les arbres sont couverts de
fruits dorés et de fleurs qui répandent les
plus doux parfums. A l'entrée d'un berceau délicieux, elle voit une jeune femme
assise qui se lève et vient à sa rencontre;
elle la regarde avec les yeux d'une mère
tendre, la serre dans ses bras, et lui dit:
Je suis Eve, à qui Dieu vient de rendre
l'éclat de sa jeunesse. O ma fille, je dois
ce bonheur à ton époux, sèche tes pleurs,

demain tu monteras à ses côtés dans les cieux.

Le grand-prêtre Ormus succède à la mère des hommes; il apparaît à Syderie comme dans la plaine d'Azas, entouré de tous les habitants de l'empire du Brésil. Il est debout sur les marches de l'autel où fut béni l'hymen d'Omégare. Son front n'est plus voilé d'un sombre nuage, la paix est dans ses regards, le sourire sur ses lèvres. Il dit à Syderie : Omégare fut rebelle à mes dernières volontés, aux ordres du ciel; c'est en vous quittant qu'il a tout réparé.

Dans un autre songe, la grande scène du jugement dernier se déploie tout entière à ses regards. Aux sons éclatants des trompettes, qu'elle croit entendre, tous les tombeaux s'ouvrent à la fois, il en sort à chaque instant, et sans relâche, une multitude d'hommes si prodigieuse, que l'imagination effrayée ne comprend pas comment la terre a pu les nourrir et les porter. Les uns secouent la poussière et la cendre qui souillent leur visage et leur corps; les autres, couverts des vêtements de la mort, s'en dépouillent à la hâte et les jettent avec horreur loin d'eux. Les navigateurs que les flots engloutirent, sont jetés sur les rivages des mers, et se lèvent tout éperdus ; l'eau ruisselle de leurs narines, de leurs cheveux et de leur corps ; ils frémissent à la vue de l'Océan, et paraissent craindre encore l'élément qui les perdit. Tous les hommes se répandent sur la terre, qui ne suffit plus à les contenir. Beaucoup de morts, rendus à la vie et retenus par la foule qui les comprime dans leurs tombeaux et les gouffres des cimetières, sont impatients d'en sortir. Alors Dieu dit aux mers des deux mondes de s'évanouir ; à sa voix elles disparaissent et les hommes se précipitent dans leurs bassins desséchés ; ils les remplissent bientôt ; ils y sont plus pressés que les épis qui dorent les plaines fertiles ; Dieu dit à la terre de s'agrandir, aussitôt les montagnes s'aplanissent, la terre, de toutes parts allongée, devient un plateau immense qui se couvre de tous les humains que les siècles virent naître.

Syderie admire comme du seul Adam

sont sortis tant d'hommes dont la multitude est plus grande que celle des étoiles et des grains de sable de l'Océan. Elle croit que Dieu pour les juger aura besoin d'un nombre infini de siècles. Un instant va lui suffire ; il commande que le voile qui dérobe aux regards la conscience des morts tombe et qu'elle soit plus visible que le soleil, lorsque dans un jour sans nuages il éclaire l'univers. Tous les coupables sont confus de voir leurs crimes et leurs remords à découvert. Ils se hâtent de cacher leur conscience sous leurs mains, sous leur tête; qu'ils courbent sur leur poitrine ; mais c'est en vain, leurs bras, leurs mains, leur tête, tous les corps sont diaphanes et transparents ; leurs premiers supplices sont les regards des justes, qu'ils ne peuvent supporter. Le parricide fuit son père qu'il empoisonna ; le juge inique, l'innocent qu'il condamna ; l'épouse adultère, l'époux crédule qu'elle trompa. Les scélérats fuient tous les hommes vertueux ; les justes, à leur tour, reculent d'horreur au spectacle hideux des consciences que le crime a souillées : les

justes cherchent les justes, les méchants
cherchent les méchants. Aucun mouvement
dans la nature ne peut peindre celui de ces
hommes qui se cherchent et se fuient, ni
le choc des flots, que des tempêtes soulèvent, ni l'horrible mêlée de deux armées
qui se combattent ; les justes courent à
l'orient de la terre, les méchants se précipitent à l'occident ; bientôt ils se séparent et le calme se rétablit.

Syderie voit Omégare aux lieux que le
soleil éclaire de ses rayons naissants ; il
est entouré des justes, qui, lisant dans son
âme exposée à leurs yeux les peines qu'il
a souffertes pour hâter le jour de leur
gloire, tendent vers lui des mains reconnaissantes. Syderie aperçoit à ses côtés ce
vieillard qu'elle avait vu la veille ; son
front est radieux, la joie brille dans ses
regards ; elle ne peut se défendre d'un
mouvement de haine, il lui semble qu'il
veut encore la repousser d'Omégare, elle
franchit l'obstacle et se jette dans les bras
de son époux qui l'embrasse en lui disant :
O Syderie, que de maux un moment si
doux fait oublier ! Il avait à peine achevé

ces paroles, des éclairs embrasent le ciel, le tonnerre gronde ; Dieu, suivi de ses anges, vient sur des nuages d'or et d'argent achever le jugement dernier. Il embrasse d'un seul regard cette grande multitude d'humains ; il voit qu'ils se sont eux-mêmes jugés, que les justes se sont placés à l'orient, selon l'ordre de leur justice, les méchants à l'occident, selon le rang de leurs iniquités ; que les plus sages d'entre les mortels se sont réunis aux barrières du levant, comme les plus pervers, craignant jusqu'aux regards des hommes moins coupables qu'eux, ont couru se cacher contre les portes du couchant ; qu'ainsi par la seule place qu'ils occupent, tous ont marqué leur degré de scélératesse ou de vertu, et qu'enfin il n'a plus qu'à punir ou récompenser. Il fait un signal, il veut que les corps des justes deviennent plus légers que la vapeur la plus subtile. Soudain ils perdent la pesanteur qui les retenait à la terre, ils s'élèvent dans les cieux. Syderie y monte à la suite d'Omégare, tandis que les méchants voient en frémissant ce triomphe des justes ; la terre tremble sous leurs pieds, elle s'écroule, ils tombent avec elle dans une vaste fournaise de soufre et de feu. Syderie verse des larmes sur le sort de ces hommes, tout coupables qu'ils sont, elle voudrait éteindre ces feux qui les dévorent sans les consumer, ou n'avoir pas connu leurs tourments, dont elle craint que l'image terrible va pour jamais troubler son bonheur ; mais les anges, qui veillent sur son sommeil, lui font oublier les enfers et les supplices de leurs habitants en ouvrant seulement les cieux à ses regards. Ce spectacle la ravit en extase, elle éprouve au degré le plus vif un sentiment inconnu de l'homme : les pures délices de la joie et de la paix confondues, mélange heureux qui compose dans le ciel le bonheur des justes ; sur la terre la joie et la paix sont toujours séparées. La joie y marche environnée de soucis et de fatigues. La paix y traîne à sa suite les plaisirs languissants et l'ennui. C'est dans les cieux que la paix et la joie sont unies. Syderie passe les dernières heures de la nuit à goûter le bonheur

céleste, qu'elle voudrait éterniser, mais
qui ne durera qu'un instant pour elle.

# CHANT DIXIÈME.

La terre est sur le point de périr. Rien ne peut plus la sauver que les efforts du génie à qui Dieu confia le soin de veiller sur elle. A la vérité, ce génie, toujours actif, jouit encore d'un grand pouvoir : il règne sur les éléments ; il possède tous les secrets de la nature, et pour prolonger les jours de l'univers, il n'a besoin que de rendre Syderie à son époux, ou de la conserver avec l'enfant qu'elle porte dans son sein.

Au moment de l'éruption des dépouilles humaines, il était au centre de la terre dans ses ateliers qu'il creusa de ses mains, et qui joignent les deux pôles. Ce vaste laboratoire est l'abrégé de l'univers ; il y rassembla les instruments des arts, diverses

machines dont lui seul connaît l'usage,
tous les genres de corps qui couvrent la
surface de la terre, ou qu'elle cache dans
son sein; là, sur des tablettes innombrables, il avait rangé des vases d'airain,
où lui-même renferma les sucs et les
semences des plantes, les esprits volatils
des animaux. C'est dans ces lieux que
l'infatigable génie combinait, depuis la
création, les éléments de tous les corps;
qu'il interrogeait la nature, et la forçait
à lui répondre. C'est de ces cavernes que
sortirent ces découvertes précieuses dont
le hasard et l'esprit humain s'attribuèrent
l'honneur, et qui furent des présents du
génie. Enfin, c'est là que dans un million
de fournaises, il nourrissait des feux con-
tinuels dont la chaleur repoussait le froid
mortel qui s'avançait de jour en jour
jusqu'au centre du monde.

Tout à coup le génie entend, dans toute
la profondeur de ses cavernes, un bruit
général et sourd, un frémissement universel et confus. Il est bien surpris de
voir sortir de ses vases d'airain et des
corps dont il est environné, des torrents

d'atomes qui, montant jusqu'aux voûtes
de ses cavernes, s'ouvrent un passage
et disparaissent à ses yeux. C'est en vain
que, pour les arrêter, il court modérer
la flamme de ses fournaises qu'il croit
trop ardente : il ne sait à quelle cause
imputer ce phénomène ; il se trouble,
de sombres pensées l'agitent ; il ne peut
rester dans ces cavernes ; il s'élance sur
la cime des Pyrénées. Du sommet de
ces hautes montagnes, il voit sortir de
tous les corps, des flots de poussière qui
grossissent à chaque instant, et forment
un nuage épais dont la surface du globe
est obscurcie. En examinant, d'un œil
attentif, ce dépôt que rend la terre, il y
reconnaît les cendres des hommes : la
terreur le glace, il devient faible,
tremblant, incertain. Quoi! dit-il, Omégare et Syderie sont-ils morts? Seraient-ce
les préludes de la résurrection que je
vois? A ces mots, il aperçoit, sur les
rives de l'Hespérie, la Mort appuyée sur
sa faulx, et qui contemplait d'un œil
tranquille cette éruption des cendres
humaines. Le génie hésite s'il doit l'a-

border. Il avait cessé de lui parler
depuis qu'elle immola, par les mains de
Caïn, le premier né des enfants des
hommes. Sa vue seule excite sa fureur ;
il voit en elle la cause fatale de la
destruction des hommes, de la ruine de
la terre et des malheurs qui la menacent.
Mais il veut savoir de la Mort si Syderie
et son époux vivent toujours ; il veut
l'engager à sauver des têtes si chères, et
dont la vie assure la sienne ; il immole, à
de si grands intérêts, sa haine qu'il croyait
implacable ; il s'approche de la Mort, et
lui cachant ses désirs et ses craintes, il
l'interroge avec douceur, lui demande de
quels climats elle revient, dans quels lieux
elle va, s'il reste sur la terre un grand
nombre d'humains, et surtout si sa faulx
terrible est tombée sur Omégare et Syderie. La Mort lui répond que, depuis
qu'elle a frappé le grand-prêtre Ormus
dans la plaine d'Azas, elle n'a point quitté
l'Amérique, où se croyant pressée par les
approches du dernier jour, elle vient d'en
exterminer les habitants ; qu'Omégare et
Syderie respirent encore, mais qu'elle

passe en Europe pour achever les restes du genre humain.

Ce dessein épouvante le génie, et pour le combattre, il lui parle en ces termes : Vous n'espérez donc pas que des astres bienfaisants pourront un jour s'approcher de la terre pour la ranimer, et lui rendre sa première jeunesse? Ils viendraient trop tard, répond la Mort. L'homme ne reproduit plus l'homme, et le genre humain est éteint. Il vit encore, répond le génie, et dût cet aveu m'être funeste, nous verrons si vous êtes assez ennemie de vous-même pour tuer la dernière espérance de la terre. Apprenez que, dans le sein de Syderie, respire un enfant qui peut devenir le père d'une nouvelle postérité. Vous ressemblez, lui dit la Mort avec un air de mépris, à ces vieillards décrépits qui, la tête courbée sous ma faulx, se promettent de longues années. Levez donc les yeux, voyez ces nuages dont les flancs portent les cendres des hommes. Voyez au loin ces plaines blanchies par les ossements des morts. Voyez ces mers qui les jettent de toutes

parts sur les rivages. Aurez-vous le pouvoir d'arrêter cette résurrection qui commence. Croyez-moi, le terme de toutes les
choses est arrivé ; je cède à ma destinée.
Que de faiblesse, lui répond le génie, dans
un être que j'ai connu si fort, et qui lui-
même, en détruisant les hommes, fit son
propre malheur. Avez-vous oublié que Dieu
me jura, sur une montagne de l'Asie, de
conserver la terre tant que les hommes
pourraient croître et multiplier. Épargnez
Omégare et Syderie qui possèdent cette puissance ; et ces cendres, ces ossements rentre-
ront dans l'Océan et dans les entrailles de la
terre avant que Dieu viole ses serments.
Je ne désire point, dit la Mort, de prolonger une triste vieillesse : chaque jour
je perds de mes forces ; je suis si changée
que je ne me reconnais plus. Autrefois,
comme l'Eternel, présente en tous lieux,
je frappais en même temps les hommes
sur tous les points du globe. Aujourd'hui
je puis à peine parcourir tour à tour les
divers climats de la terre ; je n'y trouve
plus de victimes à dévorer. La soif du
sang me tourmente sans que je puisse

l'assouvir. Vous serez donc plus heureuse,
reprend le génie, en rentrant dans le
néant du chaos où vous serez enchaînée
pendant des siècles éternels. Vous voulez
donc consentir au bonheur de tous ces
hommes que vous avez détruits, et qui
vont revivre à jamais et braver votre
puissance. Ah ! loin de vous cette ignominie, et plutôt que de la subir, servez
mes desseins. Nos intérêts sont les mêmes,
et s'il est écrit que nous devons succom-
ber sous les coups du Dieu tout-puissant,
au moins notre défaite sera glorieuse. Il
est vrai que vous êtes accablée sous le
nombre des siècles qui pèsent sur votre
tête, et que vos forces commencent à
s'altérer. Mais croyez que, si la jeunesse
est rendue à la terre, vous reprendrez
avec elle votre ancienne vigueur. O Mort,
vous allez encore une fois embrasser
l'univers par votre présence : les hommes
vont la couvrir d'une nombreuse postérité qui naîtra pour tomber sous vos
coups ; vous redeviendrez cette Mort dont
la faulx étincelante ne-se reposait jamais ;
vous recommencerez, sur les êtres, une

domination nouvelle qui va durer pendant un si grand nombre de siècles, que ce long espace de temps sera comme une éternité.

Ce discours du génie persuade la Mort. L'espoir de recouvrer sa jeunesse et ses forces la séduit : elle reste quelque temps morne et pensive ; enfin, elle rompt le silence, et dit au génie : Sans croire au succès que vous me promettez, je veux bien vous seconder. Je jure d'épargner Omégare et Syderie, tant qu'ils nourriront, dans leur sein, la flamme qui féconde l'amour. Je les connais tous deux ; je sais quels sont les lieux qu'ils habitent. Allez, retournez au centre de la terre où vos travaux vous appellent ; vous pouvez vous fier à la parole de celle qui, toujours inexorable, se laisse fléchir pour la première fois. A ces mots, ils se séparent.

La Mort poursuit sa route, et pour voir Omégare et son épouse, sur qui le génie a fondé de si grandes espérances, elle parcourt promptement l'Hespérie, franchit les Pyrénées, et s'avance jusqu'aux bords du Rhône. Là, quelques humains qui coulaient des jours malheureux, avaient encore leurs fronts effrayés de l'éruption des dépouilles humaines. La Mort les délivre de la vie et de leur terreur, et dirigeant ses pas vers les lieux où fut la capitale des Français, elle planait sur ces contrées à l'heure que la nuit devait plier ses voiles et céder le firmament au char de l'aurore. La Mort qui n'était pas éloignée de la maison de Thibès, et dont les yeux perçants pénètrent les ténèbres profondes et les triples murailles, aperçoit chez lui des êtres vivants. Elle y vole avec la cruelle avidité d'un aigle affamé qui fond sur la timide brebis. Au premier pas qu'elle fait dans la chambre qu'il occupe, la crainte et le respect, sentiment qu'elle n'éprouva jamais, s'élèvent dans son âme; elle reste interdite quelques moments, ensuite s'avançant avec lenteur vers le lit d'Omégare qui goûtait les douceurs d'un sommeil heureux, elle est surprise de le trouver dans ce lieu. La Mort contemple avec plaisir la beauté de son visage, où respirait je ne sais quoi d'auguste et de

céleste. Voilà donc, dit-elle, ce nouvel
Adam qui sera le père de nombreux
enfants ; déjà l'espoir de les immoler
un jour la réjouit : mais l'absence de
Syderie l'inquiète ; ses yeux qui la cherchent, tombent sur Thibès qu'elle croit
vivant ; elle s'approche de lui, le veut
prendre pour victime, et dit avec une
joie perfide : Tandis que ce jeune homme
repose, tranchons le fil de ses jours.
Trois fois elle lève sa faulx pour le frapper, trois fois le fatal instrument échappe
de ses mains. La Mort en est épouvantée :
Quel est, dit-elle, ce jeune homme dont
le ciel veut que je respecte les jours ?
Serait-ce un ange caché sous la figure
d'un mortel ? En le considérant de plus
près, ses yeux effrayés reconnaissent Thibès, qu'elle avait immolé sur ce lit
même. Quoi ! reprend-elle, Thibès serait
déjà revêtu d'un corps immortel ? Est-ce
que la résurrection commencerait au
milieu du silence et des ombres de la
nuit. La Mort regarde dans le cercueil où
repose l'épouse de Thibès : en la voyant,
comme lui, rendue à sa première jeu-

nesse : Ah ! dit-elle, avec l'accent de la colère, le génie s'abuse ou m'a trompée, mon règne est fini. Dois-je épargner Omégare ? Qu'il périsse, ajoute-t-elle en jetant sur lui des yeux menaçants ; elle agite sa faulx d'un air terrible, prête à la lever sur sa tête ; mais un reste d'espérance, le souvenir de ses serments retiennent son bras, et dans la crainte de les violer, elle quitte à la hâte la maison de Thibès.

Triste et pensive, elle poursuit sa route vers l'occident de la France, et marche, sans le savoir, au devant de Syderie et du génie terrestre. Les ténèbres couvraient toujours la terre. La Mort s'étonne que le soleil n'apparaisse pas sur l'horizon. Inquiète, et tournant sans cesse ses regards vers l'orient, elle commence à croire que le soleil ne reviendra plus éclairer le monde. Elle s'était trompée ; il avait seulement ralenti sa marche : on eût dit qu'il craignait de se montrer à notre hémisphère, avili, dégradé, dépouillé de ses rayons. Il paraît enfin, mais tel que l'œil de l'homme n'eût pu le reconnaître, abandonné de l'aurore qui ne le précède point avec son char triomphal, le front obscur et ténébreux. O honte! il n'a pas la force d'effacer la faible lueur des étoiles. C'est un affreux spectacle que cette présence du soleil et des astres de la nuit. Tout insensible qu'elle est, la Mort en est touchée; elle croit voir le Dieu de la terre expirant. Il ne parviendra point, dit-elle, à la moitié de sa course; il m'avertit qu'il ne reste plus à la terre que quelques heures d'existence. Ah! combien j'étais insensée de croire aux paroles du génie. Quoi! malgré tant d'exemples de mortels qui devaient m'apprendre à me défier des promesses qui flattent les désirs, et moi aussi je suis la dupe de l'espérance. Elle en ressent de la honte, s'indigne de sa faiblesse, et jure de l'expier en se vengeant du génie qui l'a trompée.

Cependant les promesses de la Mort n'avaient point dissipé les inquiétudes du génie terrestre. En la quittant, il n'avait goûté qu'un moment la joie de l'avoir

fléchie. Aussitôt de noirs pressentiments
s'étaient élevés dans son âme ; il se sen-
tait abandonné de son courage et de
sa raison, et ses efforts, pour les rappeler, ne servaient qu'à redoubler sa terreur et le désordre de son esprit. Il
rentre dans ses cavernes ; il croit que
dans le séjour de sa puissance, il va
trouver du soulagement à ses peines :
tout y sert au contraire à le désespérer.
Sous ces voûtes antiques et sombres, il
entend des gémissements ; il y voit des
spectres qui se promènent. Il veut,
pour vaincre ses frayeurs, reprendre
ses travaux : les instruments qu'il touche
se brisent ; les feux qu'il veut ranimer
s'éteignent sous le vent des soufflets.
Qui pourra m'apprendre, dit-il, quels
malheurs m'annoncent ces présages sinistres ? Appelons à mon secours les
esprits infernaux : ils calmèrent mon esprit agité, lorsque la terre fut submergée
par les eaux du déluge, lorsque l'Océan
sépara l'Amérique de l'Ancien Monde.
Peut-être vont-ils me rendre le repos et
la paix que je cherche en vain.

Au milieu d'une caverne profonde, le génie tailla dans le roc une grotte qu'il avait revêtue avec des écailles de monstres marins. C'est dans ce lieu qu'il avait élevé l'autel aux esprits infernaux ; il était de marbre noir en forme de trépied. Une lampe sépulcrale, toujours allumée, y jetait une sombre lumière : au-dessus de l'autel, un tableau qu'il avait peint avec le sang humain, représentait l'ange rebelle dans le moment où, séduite par ses discours, Eve cueillait d'une main timide les fruits de l'arbre défendu. La joie éclate dans les yeux du démon, dans son perfide sourire, jusque dans les efforts qu'il fait pour la dissimuler.

Le génie arrive au pied de cet autel : il tient dans ses mains six serpents qui dressent leur tête hideuse en poussant d'horribles sifflements ; il les porte sur l'autel, saisit un glaive et les coupe en mille morceaux. Tandis que le sang impur de ces reptiles arrose l'autel, il adresse cette prière aux esprits infernaux : O vous, que je n'invoquai jamais en vain, accourez à mon secours : je suis environné d'affreux dangers que j'ignore. Apprenez-moi ce qui se passe sur la terre, aux sphères célestes et dans les abîmes des enfers : soyez mes guides ; inspirez-moi des pensées salutaires ; mon esprit me les refuse, il m'abandonne. Si je crois mes frayeurs, mon dernier jour approche ; la terre va périr. Unissez-vous à moi pour la conserver ; elle est votre empire comme le mien. Disposez des trésors que j'ai cachés dans mes cavernes ; disposez de mes secrets et de ma puissance, je me donne à vous tout entier.

Dès que le génie a terminé cette prière, ses cavernes tremblent sous ses pieds, et sont agitées comme les feuilles des forêts que tourmentent les aquilons furieux. Un tonnerre souterrain y fait retentir ses coups redoublés, avec des éclats qui sont répétés depuis un pôle jusqu'à l'autre pôle. Les voûtes des cavernes s'ouvrent, des légions de démons s'y précipitent, et se rendent de toutes parts dans la grotte, où le génie, l'œil enflammé, les cheveux hérissés, les conjure. A peine y sont-ils rassemblés que tous ensemble, d'une voix lamentable, s'écrient : Nous rentrons dans les enfers. A ces mots, ils disparaissent en jetant d'affreux hurlements. Soudain la lumière de la grotte s'éteint, le tableau de l'autel se déchire, l'autel lui-même se brise, la grotte est réduite en poussière.

Le génie effrayé croit que la Mort a violé ses serments, et que la perfide vient d'immoler Omégare et Syderie. Il ne voit plus dans la nature que Dieu qui puisse le sauver. Mais lui-même, au commencement du monde, prononça l'arrêt de sa mort. Plus le génie a de siècles accumulés sur sa tête, moins il peut se résoudre à mourir ; il tient à la vie par tous les instants qu'il a vécu.

Il marche à grands pas dans ces cavernes, médite divers projets qu'il adopte et rejette tour à tour. Hélas ! dit-il, ne devrais-je pas rougir de ma lâcheté ? J'ai peur de mourir, moi qui vis les hommes, ces êtres plus faibles que moi, braver la mort et la recevoir avec courage ! La mort ! ah ! ce n'était pas elle ; ils savaient bien qu'ils renaîtraient immortels ; ils savaient bien que leurs âmes allaient survivre à l'argile de leurs corps. O mort ! ce n'est pas toi que j'appréhende, j'ai horreur du néant. Tous ces hommes que j'ai vus vont revivre pendant des siècles d'une éternelle durée, et moi, je ne serai plus; je ne serai jamais ! Epouvantable idée que je ne puis souffrir ! O Dieu ! dit-il d'une voix gémissante, fais de mon être l'usage qu'il te plaira, jette-moi dans les enfers, j'aime mieux brûler avec les démons que d'être anéanti.

Le génie n'a plus la force de proférer d'autres paroles, sa voix expire sur ses lèvres ; sa poitrine est oppressée, il chancelle et tombe. Son âme souffre les angoisses de l'agonie, une sueur de sang, semblable pour la couleur au visage de l'Africain brûlé par le soleil, couvre son visage, ruisselle sur son corps et noircit la terre.

La violence de cette crise en abrége la durée. Il devient moins souffrant ; mais ses inquiétudes croissent toujours. Je ne peux vivre, dit-il, avec ce tourment ; je veux être certain de mes malheurs, et savoir si Syderie et son époux vivent toujours. Il quitte ses cavernes, se rend au palais qu'ils habitaient, le parcourt sans les y trouver, en sort à la hâte, visite les lieux d'alentour avec plus de soin que l'avide chasseur ne cherche la trace du cerf qu'il a perdue, s'élance des vallées sur les montagnes, se précipite du haut des montagnes dans les vallées, entre dans les masures, dans les souterrains, dans tous les édifices qui peuvent cacher des êtres vivants. Il trouve enfin sur les marches de l'autel, où le sommeil avait suspendu ses douleurs, Syderie qu'il reconnaît à peine, tant ses attraits sont flétris !

Impatient d'apprendre d'elle qui l'a conduite dans ce lieu, quelle cause a pu la séparer de son époux, et ternir ainsi sa jeunesse et ses charmes ; il dissipe la vapeur des pavots qui la tient assoupie. Syderie se réveille, la volupté céleste qui remplissait son âme se dissipe avec le sommeil, et ce n'est pas sans douleur qu'elle rentre dans la vie dont elle se croyait délivrée. Ne voulant pas être surprise par le jour dans la ville de Policlète, elle se lève, se hâte d'en sortir, et retourne

aux lieux qu'elle avait quittés par le même
chemin qu'elle avait parcouru la veille.
Mais elle abandonne le dessein de poursuivre et de revoir Omégare. Une seule
nuit a changé les désirs de Syderie. Elle
ne doute plus que tous les événements qui
l'ont désespérée étaient arrêtés dans les
décrets de la Providence. Elle se résigne
aux volontés de Dieu, n'aspirant qu'à finir
ses jours pour retrouver le bonheur dont
elle avait goûté les prémices dans les bras
du sommeil.

Le génie invisible à ses yeux accompagne ses pas. En revoyant cette Syderie
qu'il croyait descendue chez les morts, il
ne désespère plus du salut de la terre.
Je possède, dit-il, des secrets qui gué-
rissent dans un instant les blessures des
hommes. Il me sera facile de rappeler sur
son visage l'éclat des charmes qu'elle a
perdus. Je découvrirai la retraite d'Omégare, et je puis enfin réunir ces deux
époux. Tandis que ce dessein l'occupe, et
qu'il va sous une forme humaine se pré-
senter à Syderie, deux objets qui s'offrent
à ses regards le glacent de terreur, le

lever du soleil presque éteint, et la Mort irritée qui médite des projets sanglants.

Le moment qui va fixer à jamais les destins de la terre, du ciel et des enfers, est arrivé. La dernière scène du monde commence. Les puissances célestes descendent sur les nuages pour la considérer. Les ombres des morts, errantes et fugitives, accourent au lieu de la scène. Les démons suspendent les tourments des enfers, ils en ouvrent les portes, et s'avancent sur le seuil ténébreux de cet horrible séjour.

Syderie descendait à pas lents la montagne qui domine la ville de Policlète, et qu'elle avait gravie la veille avec des efforts si douloureux. La Mort la voit sans la reconnaître, et toujours altérée de sang humain, elle avance sur elle à grands pas, en levant sa faux meurtrière. Le génie aperçoit le danger, et vole au devant de la Mort et veut l'arrêter. La Mort poursuit sa route sans daigner le regarder. O Mort! s'écrie le génie d'une voix effrayée! quel est votre dessein? c'est elle que vous allez immoler, c'est Syderie que vos yeux ne reconnaissent pas. C'est elle, dit la Mort avec joie, il m'est doux de le savoir, que j'aurai de plaisir à l'immoler sous tes yeux ! Quoi ! reprend le génie avec le cri du désespoir, avez-vous oublié vos serments? J'ai juré, reprend la Mort de conserver Syderie expirante tant qu'elle nourrissait dans son sein la flamme de l'amour. Je n'ai point promis d'épargner Syderie expirante, et qui soupire après le moment où je couperai la trame d'une vie qui n'est plus qu'un supplice pour elle. Venez, ajoute-t-elle, venez apprendre d'une femme à mourir, cette leçon ne vous sera pas inutile. Tandis que la mort parlait ainsi, Syderie marchait au devant d'elle ; le front calme et serein, elle s'approche. La Mort ne fait que la toucher, Syderie expire et tombe sur la terre sans mouvement et sans vie.

Tout le ciel attendait avec impatience ce grand événement; ses voûtes retentissent aussitôt de cris d'allégresse. Le règne du temps est fini, les siècles éternels vont commencer; mais au même moment, les enfers jettent des cris de rage, le soleil et les étoiles s'éteignent. La sombre nuit du chaos couvre la terre, il sort des montagnes, des rochers et des cavernes des sons plaintifs, la nature gémit. On entend dans l'air une voix lugubre qui s'écrie: Le genre humain est mort.

Les yeux du génie, qui, comme ceux de la Mort ont la puissance de voir dans les ténèbres, restent fixés sur le corps de Syderie. On dirait qu'il veut douter de son malheur, et chercher s'il n'y reste pas quelque étincelle de vie. Mais ces paroles sinistres qui frappent ses oreilles : *Le genre humain est mort,* lui font abandonner une vaine recherche. Il croit enfin qu'elle n'est plus, et que lui-même va périr. Tout son être change, sa bouche cesse d'exhaler la flamme, il n'en sort plus qu'une fumée épaisse et noire. Il est éperdu, désespéré. La présence de la Mort qui semble le considérer et jouir de ses peines, ajoute à sa rage. L'impuissance de punir sa perfidie est son plus affreux tourment. Il jette sur elle des regards furieux, et lui parle ainsi :

Barbare, lui dit-il, en lui montrant Syderie étendue sur la terre, as-tu pu trancher le fil précieux de ses jours! Elle était le genre humain, tu l'as tuée dans un seul être. Voilà le coup que je craignais, lorsque le fils aîné des hommes fut immolé par toi. Je prévis que, de meurtres en meurtres, tu parviendrais jusqu'au dernier rejeton de cette race malheureuse. Quoi! la grandeur de ta victime ne t'a pas épouvantée, et après ce coup, tu restes froide, insensible, lorsque la nature entière, par un cri universel, te reproche ton forfait, lorsque les montagnes, les antres, les rochers, que dis-je? lorsqu'il n'y a pas dans l'univers un atome qui ne gémisse, comme si tu venais de le frapper dans Syderie. Il ne te reste plus qu'un crime à commettre, achève par ma mort le cours de tes parricides. Déjà je vois la fureur s'allumer dans tes yeux; tu brûles de répandre mon sang. Frappe! mais je t'en préviens, je saurai défendre ma vie.

La Mort méprise cette menace du génie, et lui répond : Oses-tu m'imputer comme un forfait le meurtre des hommes? Dieu te créa pour les conserver, moi pour les

détruire. Nous avons obéi tous deux aux
lois qui nous furent imposées. Mais ce que
ta colère dissimule ici, tu ne dis pas qu'en
versant des flots de sang, je fus plus que
toi la bienfaitrice du genre humain. Si je
ne l'avais pas empêché de surcharger la
terre de ses enfants, ils l'eussent épuisé
elle-même de ses sucs ; je t'aurais défié
seulement de les placer sur le sol étroit
de cet univers qui, foulé par eux sur tous
ses points, n'eût rien produit, pas même
l'herbe stérile des champs. Il fallait bien
arrêter cette population dangereuse, et
tuer les hommes pour conserver le genre
humain. Oui, sans moi, cette fin du monde
que tu crains, serait depuis longtemps
arrivée, et tu me dois les siècles innombrables de ton règne.

Le génie allait répliquer, mais la Mort
l'interrompt, et lui dit : C'est trop dis-
courir ; je n'eus jamais le talent de per-
suader les mortels, comme ils n'eurent
pas celui de me toucher. Il faut que
j'exécute l'arrêt qu'aux premiers jours du
monde Dieu prononça contre toi : ne
m'oppose pas une résistance inutile ; sers-

toi de ton courage pour mourir, je suis invincible.

A peine la Mort a-t-elle parlé, qu'elle élève sa faulx à toute la hauteur de ses longs bras étendus pour frapper sur le génie un coup vigoureux qui l'abatte. Pour lui, morne et silencieux, il suit de l'œil les mouvements de la Mort. Lorsqu'il voit qu'elle ne peut plus retenir l'arme fatale qui descend sur sa tête, il s'écarte, et la faulx trompée, frappe l'air et tombe à terre. Honteuse d'avoir manqué sa proie, la mort frémit de rage ; elle agite avec fureur sa faulx meurtrière, et la relève aussitôt. Le génie épouvanté, juge qu'il n'évitera pas cette fois le coup mortel : il appelle à son secours les vents, la flamme et le tonnerre, tous les éléments ; mais ils sont sourds à sa voix. La fuite est le seul parti qui lui reste ; il perce la terre, se sauve dans la plus grande de ses cavernes, où pendant plusieurs siècles il avait fait un amas immense de soufre, de bitume, de liqueurs inflammables, et de cette poudre qu'inventa le démon de la guerre et des combats. Là, le désespoir dans le cœur,

un flambeau dans chacune de ses mains,
il attend la Mort qui le poursuit, et ne
tarde point à paraître. Sitôt qu'il la voit:
Arrête, lui dit-il ; ou si tu fais un seul pas,
j'embrase le volcan que j'ai formé ; je
détruis la terre, je m'ensevelis sous ses
ruines, et toi, tu règneras ensuite, si tu le
veux, sur ces affreux décombres. La Mort
ne répond qu'en avançant sur lui : soudain
le génie agite ses flambeaux dans sa caverne qui s'enflamme ; l'explosion en est
si terrible, que la terre, ébranlée, recule
sur son orbite. Ses entrailles se déchirent,
elle soulève les Alpes, les Pyrénées, et
lance ces énormes masses jusque dans
les hautes régions de l'atmosphère. Le
génie croit qu'il vient d'effrayer la Mort, et
qu'elle n'osera l'attaquer au centre du volcan qu'il occupe, et dont les feux effroyables lui servent de rempart. Vaine ressource contre la Mort ! Tu serais caché,
lui dit-elle, dans la profondeur des enfers :
tu ne saurais m'échapper. A ces mots, la
Mort se précipite au milieu des flammes,
et perce le génie qui tombe en poussant
un cri qui retentit dans l'univers.

Après la mort du génie, les ténèbres dont la nature était couverte se dissipent. Un jour plus doux que celui de l'astre des nuits, et plus éclatant que la lumière du soleil, dore la voûte du firmament sans le secours d'aucun astre : c'était l'aurore de l'éternité. Je désirais voir la suite de ces scènes admirables, et connaître surtout le sort d'Omégare ; je voulais voir la résurrection des hommes s'achever, et Dieu juger cette grande multitude ; mais l'esprit qui préside à l'avenir se refuse à mes vœux. Ainsi, me dit-il, l'homme sera toujours insatiable. Si j'exposais à tes regards les tableaux que tu demandes, tes desirs curieux ne seraient point assouvis : tu voudrais pénétrer au delà de l'éternité, s'il y restait quelque chose à connaître. J'ai voulu seulement te rendre le témoin du triomphe d'Omégare, et t'apprendre comment, par son obéissance aux ordres du ciel, il doit un jour abréger le règne du temps, et hâter celui de l'éternité. Mes desseins sont remplis : révèle aux hommes cette histoire du dernier siècle de la terre ; sacrifie à ce devoir glorieux que je t'im—

pose, la fortune et les desirs de l'ambition. Je rendrai les heures de ton travail si
douces, qu'elles seront les plus heureuses
de ta vie.

FIN.

PARIS. — TYP. BLOT, RUE JACQUES DE BROSSE, 10.